U0635065

HOW HAVE THESE THEORETICAL
TALENTS BEEN CULTIVATED

理论英才
如何炼成

——学生著作序集

陈学明 ◎ 著

天津出版传媒集团
天津人民出版社

图书在版编目（ＣＩＰ）数据

理论英才如何炼成：学生著作序集 / 陈学明著. --
天津：天津人民出版社，2023.3
ISBN 978-7-201-12557-2

Ⅰ.①理… Ⅱ.①陈… Ⅲ.①序言—作品集—中国—
当代 Ⅳ.①I267

中国国家版本馆 CIP 数据核字(2023)第 027021 号

理论英才如何炼成——学生著作序集
LILUN YINGCAI RUHE LIANCHENG——XUESHENG ZHUZUO XU JI

出　　版	天津人民出版社
出 版 人	刘　庆
地　　址	天津市和平区西康路35号康岳大厦
邮政编码	300051
邮购电话	（022）23332469
电子信箱	reader@tjrmcbs.com

策划编辑	王　康
责任编辑	王佳欢
装帧设计	汤　磊

印　　刷	天津海顺印业包装有限公司
经　　销	新华书店
开　　本	710毫米×1000毫米　1/16
印　　张	14.5
插　　页	2
字　　数	160千字
版次印次	2023年3月第1版　2023年3月第1次印刷
定　　价	68.00元

版权所有 侵权必究
图书如出现印装质量问题，请致电联系调换（022-23332469）

前　言

我曾经这样询问我的同事吴晓明教授：当领导有劲还是当教师有劲？他回答说：当教师有劲！我又问他：为什么？他则这样回答我：因为我们有学生！

因为我们有学生，所以当一个教师很有劲，觉得活着十分有意义，这不仅是吴晓明教授的感受，也是我本人的感受。我相信，也是我们所有教师的共同感受！

我有两个儿子，还有许多学生。说实话，两者比较起来，我觉得学生离我更近些。儿子虽然与我有血缘关系，但他们走不到我的心坎里；学生虽然与我没有身体上的血缘关系，但与我在心灵上密切相连。他们能走进我的内心世界，知道我为什么喜为什么悲，知道我到底在追求什么。我与儿子交流思想花不了一个小时，明天他要出国了，今天父子谈心也就不到一个小时。可我与学生有着谈不完的话。到北京等外地出差，一见到自己的学生，则通宵达旦地交谈，总感到言犹未尽。

确实，作为一个教师，最大的财富就是自己的学生。我们的喜怒哀乐往往是与自己的学生联系在一起，自己的学生在人生道路上所取得的每一个进步，哪怕就那么一点点，也能使我们春风得意、心花怒放。

我的一些学生走上工作岗位以后，过不了多久，就会推出他们的研究成果。他们往往把他们撰写的著作首先发给我，并邀请我为他们的著作写一个序。每当这个时候，我会放下手中的一切，兴致勃勃、聚精会神地捧着他们的著作读个不停。阅读来自学生的著作，不管是他们的处女作，还是比较成熟的代表作，都是一种享受。追溯他们的成长历程，回忆与他们相处的一幕幕，真的使我不亦乐乎！

为这些著作写序，原先我当然是想围绕着这些著作本身展开，即对这些著作本身的优劣作些评论，但一动笔，我便发觉自己根本无法仅仅停留在此。

当我为某一个学生构思写序时，在我面前呈现的是这个学生鲜活的经历，一个个与这个学生相关的有趣的故事，以及我与他（她）刻骨铭心的交往。于是我落笔时，竟然首先写的是这个人，而不是这部著作。这样，不仅是他（她）的这部著作，还有这个人，都跃然纸上。这样，就形成了我为学生的著作所写的序的一个独特的风格——从写人到写著作，把回忆我与其的交往与对其著作的评论交融在一起。而当我把所写的序发给学生看时，几乎所有的学生都喜出望外，他们用最恳切的语言向我表示谢意。他们中有的甚至当即给家人传阅，当作"宝贝"一样珍藏起来。

这些学生走上工作岗位的时间有长有短，但他们都行进在奋发向上的大道上。让我引以为豪的是，所有学生没有一个被时代所淘汰。尽管他们有的成长得快些、有的成长得慢些，有的取得的成就大些、有的取得的成就小些，但他们都在努力之中。

我的这些学生成长的经历各异，当下的处境也各不相同。我在为他们的著作写序的过程中渐渐发现，虽然他们的经历与处境有差异，但他们身上有许多共同点，正是这些共同点支撑着他们不断前进。他们中多数是从事理论研究和教学工作的，特别是马克思主义理论的研究和教学。他们所具有的那些共同的精神素质和底气，在我面前清晰地呈现了一条理论英才的成长之路。如果说我的这些学生已经是或者有望成为理论英才的话，那么他们的成长之路则昭示着理论英才究竟如何才能炼成。

无论是他们在校时与他们的交谈，还是他们毕业后与他们的交流，我向他们灌输最多的可能是以下四点：其一，一定要胸怀大志，人活在世界上必须有崇高的理想和明确的奋斗目标；其二，研究马克思主义必须相信马克思主义，不能把研究马克思主义视为一个普通的职业，而是必须有强烈的使命感；其三，必须勤奋，甘坐"冷板凳"，勤于读书，勤于思索；其四，建立健康的生活方式，特别是处理好婚姻关系和家庭关系，为自己搞好学问建立一个稳定的"后方基地"。我发现，我所灌输的这些，他们基本上都听进去了，而且身体力行。

他们中绝大多数都有远大的志向，既有长远目标又有短期计划，并且咬定目标和计划决不放松。更可贵的是，一旦确定了自己的奋斗目标后，能够不受任何诱惑干扰。我的有些学生，在他们面前"当官"和"发财"的机会实在太多了，但由于他们已把"搞学问"作为自己的终生目标，他们放弃了这些机会。读者可以在本书中看到，有一位学生屡屡拒绝学校领导要她"出山"当行政领导的邀请，哪怕"得罪"领导也在所不惜。还有一位学生原先读的是热门的会计专业，从本科一直读到硕士，完全可以如其他同学一样在金融行业找到一个高薪的职业，但他为了实现自己进行理论研究的抱负，宁愿到哲学系来当一个"贫苦"的哲学博士。

他们中绝大多数都坚信马克思主义，非常热爱自己研究马克思主义这一"职业"。即使一些人不理解他们对马克思主义的这种执着与追求，但他们确信自己是站在"真理和道义"的至高点上。正因为确立了对马克思主义的信仰，他们具有了巨大的精神支撑力，而正是马克思主义的精神支撑力，才促使他们能够克服一切艰难险阻。读者在书中也可以看到，有一位学生受到了不公正待遇，被"贬"至家乡，临走时他可以把一切"杂物"丢掉，而肩背着《马克思恩格斯全集》离开了学校，以后他依靠马克思主义这一精神支撑力，在逆境中不放弃，在顺境中不松懈。还有一位学生，在美国获得了博士学位，又在美国的高校谋取了一个比较理想的职业，但他有着忠诚于马克思主义的"红色基因"，所以他毅然决然地辞掉了美国的工作，回到国内当起了一名思政课教师。

他们中绝大多数都吃得起苦，在学校里读书时是这样，走上工作岗位后也是这样。我的这些学生基本上都出身于"寒门"，他们都有一段"苦"经历，从而他们十分珍惜现在的机会，他们用以珍惜的主要途径是忘我地读书、忘我地工作。他们在各自的单位里都是以吃苦耐劳著称的。读者在书中还可以看到，我有一届的三位博士生，在校读博期间连续三年春节都没有回家，就是为了利用春节这个假期好好读书和写作论文。还有一个学生，为了能够自己养活自己顺利读完博士，竟然去扛包打工挣钱。还有一些女博士走上工作岗后，结婚生子，家务一大堆，都是在深夜备课做学问。

他们中绝大多数都把自己的家庭生活安排得很好，做到事业与家庭生活"双赢"，他们搞学问没有后顾之忧。到目前为止，我的学生中没有一位因闹"婚变"而把家庭生活搞得乱七八糟的。读者在书中更可以看到，我的几位学生拒绝留在大城市，而宁愿选择去中小城市发展。他们作这样的选择，是为了使自己在宁静中从事理论研究。事实证明，他们这条道路走对了，在这些中小城市，他们的生活舒适安逸，事业也有成。他们默默地在那里进行着自己的研究，其成果一点儿不比在大城市的逊色。我的这些学生，在生活水平方面起点是很低的，他们基本上都属于白手起家。但随着他们事业上的发展，他们的物质生活水平随之提高，他们中大多数有车有房，有的甚至在北京、上海这样的大城市还买了别墅。时代给了他们在事业上成功的机会，也给了他们在生活上安康、富裕的机会。当然，关键在于他们把握住了这一机会。

我认为，以上几点是他们的成功之道。我同时感觉到，这些成功之道具有普遍性，对那些正在学校在读的，或者已经毕业离校走上工作岗位的年轻人或许有着某种启示作用。于是我萌发了将这些为自己学生的著作所写的序整理成集子推出来的意念。我的这一意念得到了天津人民出版社，特别是总编辑王康女士的支持。我向他们表示衷心的感谢！

最后，我还要在此作两点说明：

一是这本序集后面附有五篇序，这是为我的好友、同学等的著作所写的序，他们并不是我的学生，尽管其中有几位常常奉我为老师，但他们确实不是我"名正言顺"的学生。由于这五篇序与前面的序在内容上相似，我实在难以割舍，于是我就将它们作为附录附在后面。

二是我还有一些学生，由于没有机会为他们的著作写序，所以在这里见不到他们的"身影"，这十分遗憾。实际上，他们与我的亲近程度一点儿不亚于这里所论及的学生，我只能等待机会也为他们的著作写上一个序，切望今后本书修订再版时，把新写的序补入。

将这序集正式作为出版物推出来，是我犹豫许久才作出的决定。其中确实有一些我的"隐私"之类的内容，不太适宜公开示众。但是为了我的一个自认为非常崇高的目的，即为青年提供一份知道"英才是如何炼成的"素材，我也顾不得这些了。

2022 年 9 月 15 日

目 录
CONTENTS

学生著作序

附　录

学生著作序

高徒出名师

——为张双利①《重思马克思的市民社会理论》一书写的序

　　有一谚语云："名师出高徒"，但现在常有人倒过来说："高徒出名师"。对此，本人则深有感触。每当我遇见学界同行，总有人与我说，"听说张双利是您的学生，真不简单!"我知道他们所说的"不简单"，一语双关：既在称赞双利"不简单"，又在羡慕我有双利这样的学生的"不简单"。此时，我总会产生一种愉悦感，真正享受到了"高徒出名师"。

　　欲知当今双利的影响有多大，我仅举两例：其一，我的同事吴晓明教授与我说，因为我们复旦哲学有张双利，从而可以确保二十年不衰；其二，中南财经政法大学的青年才俊颜岩教授与我说，听了双利老师的演讲后，我知道自己这辈子是永远赶不上她的。

---

　　① 张双利,1973 年 11 月生, 安徽五河人,1994 年 9 月至 1997 年 7 月于复旦大学攻读硕士学位,2000 年 9 月至 2003 年 12 月于复旦大学攻读博士学位,现为复旦大学哲学学院、当代国外马克思主义研究中心教授、博士生导师,哲学学院副院长,当代国外马克思主义研究中心副主任,教育部青年长江特聘教授。

双利是于 1994 年从安徽大学考入复旦大学攻读硕士学位的，那时她才刚 20 岁出头。近二十年来，我看着她从一个羞涩、文静的小姑娘成长为一名国内声名显赫，在国外也颇有影响的中年女学者。

我清楚地记得，她刚进复旦大学，我作为她的导师与她第一次谈话，我要她在第一年花 50% 的精力用于外语学习，并且必须到外语系去听外籍教师的课，争取一年内把英文"攻下来"。她一听到把 50% 的时间花在外语学习上，开始时似乎不太理解，但马上又点点头。

我当然也不会忘记，她硕士阶段的学习快结束时，我要关心一下她的"个人问题"，我问她有对象了吗？她说有了。我又问她对象在哪里工作？她回答说在安徽省的一个单位。我竟然不假思索地要她把这对象"断了"，她马上反问我为什么？我说，一是外地调入上海工作很难，二是你今后要出国，爱人在这样的单位会有麻烦的。她作出了强烈的反应，"狠狠地"对我说你怎么与我父母一个样。

她硕士论文答辩时的情景更深深地印在我脑海里。她硕士论文研究的是青年卢卡奇哲学的实践性思想，我知道她自己对这篇论文是相当满意的，哪知道那天张汝伦、吴晓明等几位大教授一等她发言完，就"轮番轰炸"，她竟然当场哭了起来。当天我就约她谈，告诉她事实证明，你的论文还很"嫩"，而你这个人也还"嫩着"呢！我要她永远记住这一天。

就是这么一个小姑娘，经过近二十年的磨炼，已家成业就，超群出众。平心而论，这并不太出乎我的意料之外。实际上，从她进入复旦大学那时起，我和我的同事，就觉得这是一棵好苗，尽管还稚嫩，但能长成参天大树，都十分看好她。

我与她相处已有近二十年了，对她真的是十分了解，我觉得她的成功绝不是偶然的，起码她在下述七个方面的"素质"与"底气"决定了她必然日益走向成功：

其一，她实在太聪明了。搞学问，与从事其他事业一样，确实需要有"天资"的。双利的反应敏锐，博闻强识，出口成章是大家公认的。我让她去外语系听一年课，一年后站在我面前的是一个不但能熟练地读和写，而且能流利地讲的"英语通"，这一般的学生能做到吗？

其二，她做学问十分专注。正因为双利聪明，办事又干练，所以实际上在她面前有许多路可走。据我所知，学校领导数次要她"出山"去"当官"，甚至校长出面找她谈，让她担任学校的行政职务。上面领导看中她的也不少。但是她一概谢绝，她抱定宗旨这辈子就搞学问。可以说，她做学问已经做到了"目不斜视"。

其三，她善于吸收他人长处。她这个人看上去十分"强势"，但实际上为人非常宽容。她总能看到他人的长处，并且把这种长处转变为自己的东西，特别是在学术研究方面。单位里年长的"大咖"一大批，她能如数家珍地讲出每位的特长，真正做到了博采众长。她搞学问的"门户"总是"开放的"，永远让自己处于一种"企求"的状态。

其四，她的视野非常开阔。她充分利用自己外语好的优势，积极地与国外学界进行联系和交流。她几乎每天都要在网上花一些时间用以对外联系，并且利用一切机会参加国际学术会议。这样，她国外学界的朋友特别多。我们平时偶然与国外某些学者进行交流，这些学者总会提及双利。这样，她对国外学界的动态的把握既及时又广泛，她平时从口中讲出来的东西总给人一种新鲜感。

其五，她做学问之刻苦令人难以想象。一个人要成就大业仅凭"天资"还是不够的，还须加上勤奋。双利是个耐得住寂寞又吃得起苦的人。近二十年来，她结婚生子，自己一手带大儿子，并把其培养成北京大学的高材生。她又经历丧父、母亲生病、弟妹从家乡投奔等一系列事情，她都一步步从容地处置，关键在于，家务再重，家里事情再多，她都从不放松做学问。最艰难的时候，她都是在深夜看书、写文章。

其六，她能够把教学与科研有机地结合在一起。双利不仅课讲得好，而且善于用教学来促进研究。她刚硕士毕业留校任教，第一年就勇敢地承担起了本科生的"马克思主义哲学发展史"的课程，从马克思一直讲到毛泽东。她接受这一课程的时候与我说，正好可以利用这一机会通晓整个马克思主义哲学的发展历程。之后，我又把自己讲了近三十年的本科生的"西方马克思主义概论"，以及硕士生的"西方马克思主义原著选读"两门课程交给了她。她的可贵之处在于，从来不把上课作为负担，而是通过课堂教学不断地充实自己的理论根基和提高自己的学术水准。

其七，她有一个稳定的"后方"。双利与她的丈夫心心相印、相亲相爱。她的丈夫周斌全力支持她搞学问，在努力做好自己的事业的同时，把家里的重任扛在自己的肩膀上。他们的家庭确实十分和谐、安定。双利搞学问是没有"后顾之忧"的。

正因为有这么多得天独厚的优势，才有了今天的双利。可以说，今天的双利对年长的一辈来说是一个"宠儿"，而在年轻的一代眼里，她是一个"偶像"。

随着岁月的流逝，她的学问的积累越来越深厚。我与她说，现在正是她推出学术成果的时候，建议她尽快把自己的所思所想用文字表达出来。这一题为"重思马克思的市民社会理论"的著作正是她计划推出的系列成果中的一种。

双利的这一著作系统而又深入地研究了马克思的市民社会理论。当下学术界研究马克思的市民理论的成果不少，我认为，双利的研究起码在以下四个方面是有创意的：

第一，从"黑格尔－马克思问题"的角度，对马克思的市民社会理论进行系统阐释。

双利的这一著作致力于从思想与时代之间的内在关联出发，以马克思和黑格尔的思想关系为线索，以精细的文本解读为基础，对马克思的市民社会理论进行系统阐述。关于黑格尔的市民社会理论，主要强调其三方面思想特征：明确断定市民社会是现代世界的最伟大成就，是主观自由原则得以实现的最重要领域；明确揭示市民社会具有反伦理的必然发展倾向，如果任由其自行发展，必将导致伦理共同体的瓦解；在法哲学的理论框架之下明确给出了解决问题的方案，强调由实体性国家对市场社会的发展进行支撑、引领和限定，使具有非伦理发展倾向的市场社会成为现代伦理生活的一个重要部分。

以对黑格尔市民社会理论的概要论述为基础，该著作进一步对马克思的市民社会理论进行了系统论述，重点阐释马克思如何在新历史条件下对黑格尔的市民社会批判理论进行转化。具体来说，主要体现在三个方面：其一，是对黑格尔的解决问题方案表示明确反对，对市民社会的非伦理性质进行再度强调。这主要体现在 1843—1844 年的系列文本中（《黑格尔法哲学批判》《德法年鉴》上的两篇论文）。其二，是对黑格尔的"市民社会"概念的超越，明确用"资产阶级社会"概念取代"市民社会"概念，把市民社会的非伦理发展倾向问题进一步深化为资产阶级社会的自我毁灭式发展逻辑问题。这主要体现在 1844—1848 年的系列文本中（《1844 年经济学哲学手稿》《德意志意识形态》《共产党宣言》等）。其三，是对解决市民社会问题的道路进行重新思考。这一方向上的思考贯穿在马克思从 1843—1848 年的系列文本中，与黑格尔强调用实体性国家来引领和限定市民社会的发展不同，马克思主要强调对市民社会内部结构的改变。在 1845 年之前，马克思主要在"人的解放"的概念之下思考解决问题的道路，强调对市民社会和现代国家的双重取消；在《共产党宣言》等成熟时期的文本中，马克思则主要在"无产阶级革命"的概念下思考解决问题的道路，强调通过由社会主义国家所主导的社会革命来解决问题，再次涉及如何处理社会与国家之间的结构性关系问题。

概括起来，该著作认为马克思的市民社会理论的核心贡献在于，从黑格尔对市民社会的非伦理性质的断定出发，通过揭示市民社会内部的权力关系，进一步把握住了资本主义版本的现代社会的自我否定式发展逻辑。在这个意义上，我们可以把他们所洞察到的市民社会的自我否定式发展逻辑问题界定为"黑格尔–马克思问题"。

第二，从"黑格尔–马克思问题"的角度，解析资本主义的结构性转型，阐释西方马克思主义的市民社会理论。

双利的这一著作提出，回溯资本主义的历史发展进程，它主要经历三大发展阶段：从自由主义的资本主义到组织化的资本主义，再到新自由主义的资本主义。双利指出，我们必须深入到马克思在市民社会理论中所揭示的资本主义版本的现代社会的自我否定式发展逻辑的层次，来把握资本主义发生两次重大结构性转型的根源。在自由主义资本主义条件之下，虽然有"资本主义经济＋资产阶级民主政治"的基本框架，但随着市民社会的自我否定式发展趋势的展开，支撑资产阶级民主政治的社会基础逐渐被毁坏，资本主义经济危机也进一步导致了社会危机，于是必然出现了从自由主义资本主义向组织化的资本主义的结构性转型。

组织化的资本主义以"自上而下的革命"的方式来保全资本主义体系，它实际上只是对马克思所揭示的市民社会问题的虚假解决。双利特别指出，卢卡奇、霍克海默和阿多诺、哈贝马斯等西方马克思主义理论家关于市民社会问题的进一步思考，正是在此社会条件之下对马克思的市民社会理论的继承和发展。卢卡奇强调"资本主义经济＋资产经济民主政治"的框架已经瓦解，资本主义已经成为一个全面的体系，市民社会领域已经消亡。霍克海默和阿多诺强调，随着曾经支撑资产阶级政治的市民社会的瓦解，"资本主义经济＋资产经济民主政治"的框架必然被"垄断资本主义＋极权主义统治"的框架所取代。哈贝马斯强调，在晚期资本主义的条件之下，由于市民社会与国家之间的关系已经发生重要改变，公共领域的政治功能也必然被严重败坏，福利国家政权正面临滑向权威主义的危险。

第三，从对"黑格尔－马克思问题"的理论回应的角度，重新理解哈贝马斯的公民社会理论。

双利的这一著作认为，关于哈贝马斯的公民社会理论，我们要在第一轮研究的基础之上进一步展开第二轮研究，要深入到哈贝马斯对马克思所揭示的市民社会问题的自觉应对的层次来把握其理论特征。

首先，哈贝马斯对黑格尔和马克思的市民社会批判理论高度认同。他明确指出，黑格尔和马克思已经认识到实存的资本主义版本的市民社会完全不符合政治经济学的预设，在资本主义的条件下，现代民主政治必然缺乏社会基础。其公民社会理论正是对这个意义上的"黑格尔－马克思问题"的直接回应。其次,哈贝马斯在提出解决问题方案时,为了刻意避开马克思和列宁式的解决方案,过分高估了福利国家和新社会运动在重建民主政治的社会基础方面的重要作用,其公民社会理论最终未能真正击中问题的要害,切实给出对问题本身的回应。最终,其公民社会理论实际上成为推进自由化浪潮、助力资本主义向新自由主义资本主义转向的因素之一。虽然其理论初衷是用激进民主政治的力量来限定资本主义的无限发展,但其理论效应却与此刚好相反,由于其停留于对新社会运动的理论支撑,而后者对福利国家的反对又与主张市场经济自主发展的新自由主义经济学主张相互呼应,它们共同促成了福利国家式资本主义向新自由主义资本主义的转型,带来了对资本的逻辑的再次释放。

第四,从对"黑格尔－马克思问题"的实践回应的角度,重解社会主义实践与市民社会问题之间的关系。

针对西方左翼学者对由俄国革命和中国革命所开创的社会主义道路的种种误读,双利的这一著作强调,我们可以从黑格尔和马克思所揭示的市民社会问题的角度回应这些误读,解析社会主义道路所具有的普遍规定性。

针对市民社会的反伦理倾向,黑格尔提出了"国家—市民社会—国家"的解决方案,强调以实体性国家来解决市民社会问题。马克思通过对黑格尔市民社会理论的转化,对此方案进行了否定,断定在资本主义的条件之下绝无可能解决市民社会问题。从这个角度看,马克思和恩格斯所开创的革命的社会主义道路正是对解决市民社会问题道路的继续探索。马克思和恩格斯强调,无产阶级革命具有双重内涵,首先是通过政治革命建立社会主义国家,其次是进一步展开由社会主义国家所主导的社会革命,实现对现代复杂社会的结构性矛盾的解决。

该著作指出，这一思路具有充分的开放性，它可以支撑我们去把握中国特色社会主义道路，认识由社会主义国家所主导的社会革命所经历的两环节式发展历程（社会主义改造和社会主义改革）。以对这两个环节式发展历程的分析为基础，双利指出中国特色社会主义实践是对"市民社会问题"的实践版回应，我们正在探索一条具有"马克思—黑格尔主义"特征的解决问题新道路。立足该实践的普遍性意蕴，我们可进一步在理论上展开与西方左翼学者之间的批判性对话、重解社会主义理念的内涵、共同探究解决现代复杂社会内在矛盾本性的现实可能性。

由于双利对马克思的市民理论作出了富有创意的剖析，所以我认为她对这一理论的核心贡献的下述概括也是言之有理的：马克思从黑格尔对市民社会的非伦理性质的断定出发，通过揭示市民社会内部的权力关系，进一步把握住了资本主义版本的现代社会的自我否定式发展逻辑。

最后，我要特别提请读者注意的是，双利经过自己的研究得出了这么一个结论：正因为由黑格尔和马克思所揭示的"市民社会问题"也正是我们当前必须面对的根本问题，所以马克思的市民社会理论具有重要的现实意义。在她看来，基于以下两个方面，我们没有任何理由忽视马克思的市民社会理论：一方面，从资本主义发展进程的角度看，市民社会问题从未在资本主义条件下真正得到解决，它在 20 世纪上半叶曾经是导致资产阶级民主政治走向崩溃的真正原因，现在则是导致新自由主义版本的西方民主政治再度走向危机的根本原因；另一方面，从解决问题道路的角度看，如何立足当代中国的社会主义实践，具体分析以哈贝马斯为代表的当代西方温和左翼理论的内在局限，建构马克思主义新市民社会理论，是 21 世纪马克思主义理论发展的重要任务之一。

　　我相信，只要真正认真地阅读一下双利的这一著作，进入她的研究境界，我们一定会焕发对研究马克思的市民社会理论的冲动，与双利一起，让这一理论充分展现解决当今中国和世界所面临的现实问题的指导作用。

　　是为序！

2020 年 8 月 30 日

凡是金子总是会发光的

——为王凤才①《如何阅读〈为承认而斗争〉》一书写的序

凡是金子总是会发光的，我通过与凤才近二十年的相处与交往，特别是通过目睹了凤才来到复旦大学后这数十年所经历的一切，对这一点越来越深信不疑了。

凤才是 2004 年 9 月"高起点"来复旦大学攻读西方马克思主义方向的博士后的。之所以说他是"高起点"，是因为彼时他已是山东大学的教授，并已有多部专著出版。按理说，他在山东大学有着广阔的发展前景。我作为他的博士后合作导师，对这个"教授学生"到复旦大学来读这个博士后，开始时真的有些不解。后来，与他深入面谈后才知道，他有着很高的志向，立志在西方马克思主义领域能够闯出一片天地来。而他感到，在山东大学的平台他已无法进一步施展了，于是他义无反顾地南下来到了复

---

① 王凤才,1963 年 4 月生,山东诸城市人,2004 年 9 月到 2006 年 6 月在复旦大学攻读博士后,现为复旦大学哲学学院、当代国外马克思主义研究中心教授、博士生导师,教育部长江学者特聘教授。

旦大学这一国内教育部唯一的研究西方马克思主义的重点基地。他不但是想在复旦大学进修提高，而且也打算留在这里工作。

博士后出站报告的开题对凤才来说，是迎头一击，也是他研究西方马克思主义的一个转折点。他所准备的出站报告的主题是关于马尔库塞的文明论。他是踌躇满志地走进开题报告的会场的。哪知道，他刚讲完，就遭到了在场的专家学者急风暴雨式的批评。我对他说，你所研究的主题主要依据的是马尔库塞的《爱欲与文明》一书，而此书早在 20 世纪 90 年代初我就与黄勇合作把它译出中文出版了，对马尔库塞在这本书中所提出的文明理论我们早已研究得十分透彻了，你要想在此基础上作出新的突破性研究，不太容易了。既然下了这么大的决心来到了复旦大学，就要找准一个全新的领域，真正作出具有创意的研究。我与他的另一个合作导师俞吾金教授均建议他，利用自己德语有一定基础这个优势，开拓对"后法兰克福学派"，特别是对法兰克福学派新一代领军人物霍耐特的研究。

凤才被来自复旦大学的这批教授的批评"镇"住了，但与此同时，他又诚心诚意地接受了我们的建议。从此，他就一头"扎"进了对霍耐特，开始对"后法兰克福学派"的研究，走上了人生研究学问的新征程。

凤才能不能对霍耐特，以及对"后法兰克福学派"的研究开辟出自己的一片天地来？凤才能不能在精兵强将云集的复旦大学当代国外马克思主义研究中心站住脚？我当时心中没有底，而旁边一些人实际上也是持怀疑态度的。

两年时间刚过去，凤才竟然把他的《蔑视与反抗——霍耐特承认理论与法兰克福学派批判理论的"政治伦理转向"》的出站报告，呈放在我们面前。这一出站报告，主要依据的是第一手材料，即德文原著，资料翔实，分析通透。在出站报告答辩会上，被"镇住"的则是我们这些在开题会上对他提出严厉批评的人。这一出站报告自然获得了优秀。对于这样一位难得的具有高水平的研究能力的年轻学者，复旦大学当然不会轻易地让其流失掉，他顺理成章地从山东大学引进到复旦大学，成为复旦大学当代国外马克思主义研究中心的一员，不久，他又正式被确认为复旦大学哲学学院的一名教授。

自此以后，他的理论研究日益长进，一发不可收拾。2014 年，他又赴德国法兰克福大学社会研究所暨哲学系，成为那里的高级研究学者，并实现了多年的愿望——拜师霍耐特。在那里，他待了整整一年，这一年他开了眼界，更夯实了研究的根基。从德国一回国，他的学问确实越做越好了。如果说 2014 年出站报告开题后，他实现了做学问的第一次飞跃；2006 年从博士后出站正式被引进至复旦大学后，他实现了做学问的第二次飞跃；2015 年从德国进修回来后，他实现了做学问的第三次飞跃。他的研究领域也不断地扩大，从霍耐特到整个"后法兰克福党派"，从"后法兰克福学派"到整个社会批判理论，从社会批判理论到当代德国马克思主义，从当代德国马克思主义再到 21 世纪世界马克思主义。

欲问凤才这些年在学术上取得了多大的成就，只要浏览一下他所撰写的著作就一清二楚了：

"批判理论六部曲"：《批判与重建——法兰克福学派文明论》《蔑视与反抗——霍耐特承认理论与法兰克福学派批判理论的"政治伦理转向"》《从公共自由到民主伦理——批判理论语境中的维尔默政治伦理学》《承认·正义·伦理—实践哲学语境中的霍耐特政治伦理学》《从批判理论到后批判理论》（两卷本，待出版）、《〈否定辩证法〉释义》（多卷本，待出版））。

"马克思三部曲":《追寻马克思——走近西方马克思主义》《重新发现马克思——柏林墙倒塌后德国马克思主义发展趋向》(入选"2014年度国家哲学社会科学成果文库")、《多元视角中的马克思——21世纪世界马克思主义发展趋向》(两卷本，待出版)。

据不完全统计，迄今他已经出版学术著作二十余部，其中专著六部，译著一部，主编两套丛书("批判理论研究丛书""21世纪世界马克思主义研究丛书")，学术论文一百五十余篇。

凤才的学术成就已被学术界所高度认可。如果说凤才是目前国内霍耐特研究、"后法兰克福学派"研究、社会批判理论研究、当代德国马克思主义研究、21世纪世界马克思主义研究首屈一指的学者，我估计在学术界不会有人提出异议。实际上，他在这些方面研究的影响力，正越出国界，在德国等许多国家已产生了影响。他被评上教育部的长江学者也是水到渠成的事。

我作为他博士后的合作导师，后来又作为他的同事，目睹了他这近二十年的全部成长与发展的过程。我深切地感到，他取得这些成就绝不是偶然的。除了他确实具有做学问的"慧根"外，他的以下三个方面的素质实在太突出了:

其一，他做学问之勤奋是令人难以想象的。只要你留心一点就会注意到，复旦大学光华楼西主楼有一间办公室，其电灯总是亮着的。这是凤才的办公室。对他来说，是没有什么节假日的，连春节也只是大年初一在家待一天，大年初二就来到了办公室。有时早上一起身，就从家里步行到学校，赶到学校去吃早饭，然后就在办公室开始一天的工作。以前他往往是一直工作到晚上才回家，最近一段时间，鉴于他也是快奔60岁的人了，我与他妻子再三规劝他不能再这样干了，他才改为下午从办公室返回家里。

其二，他做学问的事业心太强了。凤才此人实在没有什么其他爱好，做学问是他唯一的爱好与选择，他是一个愿意为学问献身的人。他做学问不但发愤忘食，而且极其专心，古人曾经用"坐不窥堂"来形容做事之专心，凤才正是"坐不窥堂"者。只要他一进入写作或者阅读的状态，就可以排除一切干扰。他脑子里除了装着学问外，不会再有其他什么东西了，包括金钱在内。有一次，有应急我向他借几百元钱，他竟然摸遍全身也找不到。据我观察，凤才算不上是绝顶聪明的人，他做学问靠的是专注和勤奋。

其三，他做学问具有团队意识。凤才做学问绝对不是一个"单干户"，他身边有一批人"围"着他转。其中不仅有他的学生，还有一些外单位、外地的。他无论是为人还是为学，都比较宽容，有容乃大，这样他就可以把学问做大。每接手一个新的研究课题，他总善于把相关的研究者吸收进来。这样，不但他的学生愿意跟着他干，而且连原先素不往来的相关研究者也乐于与他合作。最近几年，他成功地做成了两件事：一是开创了全国性的"21世纪世界马克思主义论坛"，二是组织出版了"批判理论论丛"。他做这两件事，背后并没有什么组织和机构的支撑，完全靠的是他自己的努力。试想一下，倘若他在学术界没有一批心甘情愿地追随他的人，倘若他在学术界没有一定的号召力，他能做成这样的事吗？就拿这次他邀我作序的《如何阅读〈为承认而斗争〉》一书来说，就是由他牵头，国内众多学者参与的一部著作。这样一部著作的推出，也充分反映了凤才做学问的"群体意识"。

本书立足2003年德文扩充版，对霍耐特的代表作《为承认而斗争》进行深度解读。这一著作正是由凤才提出总体框架、基本思路和具体问题，由十位作者共同完成，凤才和他的高足周爱民统稿。

　　我发现，本书的作者们基本都是长年致力于研究批判理论、霍耐特思想的专家，均发表过相关高质量的学术论文，有的已经出版了霍耐特研究专著。凤才把他们组织在一起。为了进一步保证解读的质量，统一全书的解读风格和大致内容，凤才结合多年的专业研究和学生的学习反馈（为复旦大学本科生专门开设了《为承认而斗争》解读课程），先是为每章拟定了需要回答的若干问题，全部问题百个左右。这些问题主要有四种类型：一是对文本中特定概念的理解，二是对文本中某些复杂的论证结构的理解，三是对文中涉及的哲学、社会理论背景知识的理解，四是对特定章节内容写作意图和整体作用的理解。凤才提出这些类型的问题，其宗旨是十分明确的：一方面，是希望项目组以这些问题为线索去进行解读，以保证全书作为深度解读的定位，即致力于澄清专门的术语、论证结构，以及特定内容在霍耐特整个理论体系中的作用；另一方面，是希望解读者能进一步补充书中所提及的一些重要的背景知识。我认为，本书是达到了凤才所提出的这些宗旨的。

　　纵览全书，我认为，涉及霍耐特的代表作《为承认而斗争》的大部分的关键问题都得到了相应的问答。例如，任彩虹负责的第一章解读内容补充了黑格尔对康德道德哲学的批判，补充了为自我保护而斗争的社会冲突模型，即马基雅维利与霍布斯的社会哲学，这些构成了霍耐特去重解另类社会斗争的理论动机，有助于人们更好地理解霍耐特承认理论的理论意图。在洪楼和陈良斌负责解读的第二章和第三章部分，既有对关键术语的拓展理解，也有对黑格尔早期思想的进一步挖掘。洪楼突出解读了"犯罪"现象所包含的主体间的承认关系，尤其还详细补充了对黑格尔《伦理体系》的介绍，有助于读者从整体上把握霍耐特对早期黑格尔承认思想的借用方式。

陈良斌以阐述承认的具体内涵和其在耶拿早期的精神哲学中扮演着什么样的角色为线索，详细梳理了霍耐特"黑格尔耶拿实在哲学"的重构，通过对黑格尔部分的补充说明，他同时也指出了霍耐特解读的某些问题，比如对手稿最后的"结构"部分较少涉及，对"结构"部分的"阶级""政府"及"艺术、宗教和科学"所扮演的重要角色避而不谈。除了以拟定的四类问题为线索展开解读，本书还借鉴吸收了近年来学界的研究成果。例如，在宋建丽负责撰写的第五章，积极利用了英美学界的研究成果。赵长伟、王凤才负责的第六章，则借鉴了《蔑视与反抗》中所概括的"社会承认关系结构"霍耐特 - 王凤才图表。杨丽、王凤才负责的第九章借鉴了王凤才在《从形式伦理到民主伦理——霍耐特的伦理概念》一文中所阐述的观点，去进一步阐述"形式伦理"概念的具体内涵。周爱民负责的部分则处理了《为承认而斗争》（2003 年德文扩充版）新增加的"承认的理由——对批评性质疑的答复"，这是国内学界还不太关注的问题。

本书的书名是《如何阅读〈为承认而斗争〉》，显然，本书的意义和价值不仅在于可以帮助读者全方位地深度解读霍耐特的代表作《为承认而斗争》，而且通过这一解读可以促使读者进一步正确和深刻地把握霍耐特的整个思想体系，甚至可以促进读者进一步正确和深刻地把握整个后法兰克福学派，乃至整个社会批判理论。我相信本书的价值和意义会随着本书的推出和流传得以充分地体现。在这里，我除了借机"总结"一下我的学生和同事凤才之外，则是郑重地向读者推荐此书。

是为序！

2022 年 8 月 2 日

贵州大山里走出来的英才

——为罗骞①《现代性的存在论批判
——论马克思的现代性批判及其当代意义》一书写的序

张汝伦和陈昕两位先生主编的"当代中国哲学丛书"在学术界享有盛誉。据我所知，他们为所要推出的著作设置了很高门槛，不达到一定的学术水准，不在理论上有一定的原创性，他们是决不会出版的。为了维持高品质，他们每年只推出为数很少的几种书，特别是研究马克思主义哲学方面的著作更是寥寥无几。当我得知两位先生主动与我的学生罗骞联系，希望他把博士论文交给他们纳入该丛书出版时，我十分感慨。罗骞只是个刚拿到博士学位的后生小辈，博士论文也只能算作他的处女作，我为他能及时碰上伯乐而庆幸和高兴。罗骞索序，作为他的导师，我乐意为之。

2000年秋季的一天，罗骞作为我的硕士研究生站在我面前，大概二十五六岁的样子。我对他的第一印象是他有些腼腆，不自在。后一深谈，才发现这个年轻人不错，具备较好的学术基础，有一种执着精神、一种强烈

---

① 罗骞，1974 年 7 月生，贵州安龙人，2002 年至 2006 年于复旦大学攻读硕士学位和博士学位，现为中国人民大学哲学学院教授、博士生导师，云南大学马克思主义学院院长。

的社会责任感。他来自遥远的贵州山区，妻子小汪独自在家照顾刚出生的儿子，还要工作，靠她微薄的工资供养包括罗骞父母在内的一家五口人。虽然平时罗骞不大谈起这些，但他面临的压力和困难不难想象。像他这样的处境，没有远大的志向和刚强的意志是不可能选择出远门继续深造的。他来复旦以后，万分珍惜这来之不易的学习机会，其学习刻苦与认真的程度，常使我感慨系之，他真的是做到了发愤忘食。加上他原先的理论基础非常好，天资和悟性都不错，学习方法对头，他的学习成绩马上脱颖而出，一些讨论会的发言，以及所写的文章，都表明他是一个可造之才。

硕士阶段的培养一结束，他就无可争议地被推荐免考直升攻读博士学位。由于那时我改带马克思主义哲学方向的博士，罗骞也跟我从西方哲学转到了马克思主义哲学，攻读马哲博士学位。后来罗骞多次跟我说这一转变对他的学业发展具有重要影响。那时，他的妻子小汪也从贵州调到了上海，他们一家三口总算可以团聚了。但我十分担心，各种压力是否会影响甚至毁了他前途看好的学业。我的担心是多余的！我发现，自他攻读博士学位以后，他的心境更高了，读书与研究一如既往地废寝忘食、锲而不舍，常常在清晨把儿子一送到托儿所，就埋头扎进学校的图书馆里，徜徉在知识的海洋里。

到读博士学位的第二学期，他就开始准备博士论文。撰写博士论文究竟选择什么主题呢？我与他共同的想法是所选择的主题必须既有理论价值，又具现实意义。无论是在当今中国，还是在当今世界，人类所面临的最大的问题就是如何面对现代性。就拿国内来说，存在着这样两种对待现代性的倾向：其一，因为现代性给我们带来了磨难，使我们失去了诸多美好的东西，所以憧憬起前现代性的生活来，竟然产生了干脆放弃对现代性的追求，使中国成为一块置身于世界之外的"非现代化的圣地"的主张，这样一种观点通过哲学、文学等各种形式表现出来，与西方的浪漫主义和后现代主义等思潮遥相呼应；其二，现代性是人类的必由之路，西方人走过的道路我们中国人也得跟着走。现代性的正面效应与负面作用都不可避免，我们只能置现代化所带来的种种负面效应于不顾，继续沿着原先的路走下去，让中国这块古老的大地彻底经历一次西方式的现代性"洗礼"。只有等到中国的现代化过程基本完成了，才有可能解决这些负面问题，倘若现在就着手去解决，只能干扰中国的现代化建设。我们总感到这样两种倾向都不可取。而理论学术界的当务之急，正是在理论与实践的结合上，探索出一条正确面对现代性的道路。基于这样一种思考，我们就不约而同地决定他的博士论文以现代性为主题。哪怕这篇论文只是为探索出这样一条道路做出那么一点点的贡献，也会令人欢欣鼓舞。作为一个理论工作者，会从中获得满足与安慰。

那么究竟如何入手呢？罗骞提出是不是通过研究马克思的现代性批判理论，来探索当今人类究竟应当如何面对现代性？我拍手叫好。确实，在分析当今中国与世界现代性展开之现状时，必须要有一种理论武器，一种衡量是非的正确标准。而这种理论武器，这种衡量是否正确的标准的形成，显然离不开马克思主义的指导。为了找到回答现代性难题的正确答案，首先必须要搞清楚的是马克思究竟如何面对现代性。马克思主义为人类解决现代性的难题提供了最丰富的理论资源。就这样，经过反复商议，罗骞的博士论文的主题定为"马克思的现代性批判及其当代意义"。可以说，这是一个不讨巧的大题、难题，然而深知这一论题的重大意义，罗骞表现出了极大的兴趣和决心。

　　我要求他必须通读马克思的主要著作，从马克思青年时期的《博士论文》一直读到马克思晚年的《哥达纲领批判》，以至《人类学笔记》，必须真正搞清楚马克思在各个时期对待现代性的基本立场、观点和方法。不能人云我云，而应当自己通过研读原著搞清楚。于是，罗骞再次埋头于马克思的原著之中，我目睹了一个年轻人在一些人对马克思的著作不屑一顾的境况下，如何呕心沥血地阅读马克思的著作。在这一基础上，我还要求他广泛收集中外学者研究马克思现代性批判理论的著作和论文，把握他人研究马克思的现代性批判理论的成果，努力使自己站到这一方面研究的最前沿。他都认真地去做了，而且确实做得很好。

　　功夫不负有心人，他的博士论文终于拿出来了。虽然在论文的撰写中罗骞随时与我沟通，但当我拿到二十多万字的文稿时，还是吃了一惊。认真地通读完全文，我兴奋不已，发自内心深处感觉到这是一篇优秀的论文，深信它在理论上必然会得到学术界的认可。果然，在进行评审时，包括匿名评审在内的评阅专家好评迭至，论文答辩委员会的所有专家也都给予了高度评价，论文毫无悬念地以优秀成绩通过。现在又受到了"当代中国哲学丛书"两位主编的青睐，这些都是对他学识的肯定。

　　那么这篇博士论文对马克思的现代性批判理论的研究提出了哪些创见呢？我在这里且列举若干。

　　文章提出，现代性批判存在两种倾向，即观念论批判路线和历史唯物主义批判路线。观念论批判是从现代的意识形态特征，诸如叙事方式、思维方式、价值取向等方面定义现代性，批判现代文明。历史唯物主义批判则是从现代性的存在论基础及其对制度和观念的影响方面着手展开批判。这一论断在纷繁复杂的理论思潮中抓住了问题的关键，既为现代性批判研究搭建了一个平台，同时也充分突出了马克思现代性批判的地位和性质。

文章提出，历史唯物主义强调生产方式对自然、人、社会的普遍中介性，要求联系生产方式对具体存在的社会性、历史性特征及其本质进行阐释，而不是将存在抽象为实践之外的绝对，历史唯物主义是后形而上学思想视域中存在论最本质的维度。马克思的现代性批判是现代性存在论批判，资本被阐释为现代性的本质范畴，而不是理性、主体性等，现代性批判的基本任务就是揭示资本原则在现代社会的普遍贯穿，它如何在政治、经济、文化、观念乃至人们的心理结构和日常生活中发挥统治作用。所以说马克思的批判深入到了现代社会历史的存在论基础，而不只是作为"观念论副本"的现代性意识形态批判。

文章提出，政治经济学批判是历史唯物主义视域中现代性批判的"基础存在论"，而不只是一种实证的经济科学。现代性的流动性、抽象性、矛盾性、世俗性，以及虚无主义等特征乃是资本原则的"现象"，不能离开以资本为中介的存在论批判得到本质的揭示，比如工具理性的蔓延就不是理性自身的演进，而是资本原则普遍贯穿的结果。

文章提出，马克思的现代性批判是一种总体性批判，而不是一种经济主义的还原论，在资本对所有存在物全面总体化的今天，放弃总体性的批判在方法论上是错误的。马克思的现代性批判是"辩证历史的辩证批判"，既充分地肯定了现代性的巨大成果，又强烈地批判现代性的灾难，它以一种总体性的内在批判既区别于无批判的实证主义，也区别于面对现代性的历史虚无主义和保守主义的反动立场。

文章提出，马克思的现代性批判从不标榜自己是价值中立的科学，而是明确宣布了自己的阶级立场。马克思理论的阶级取向实际上继承了西方人文主义传统，无产阶级作为"新人"代表着人类发展的未来方向，并且是超越资本现代性能动的历史主体。马克思的现代性批判理论具有明显的实践取向，目的在于改变现实，而不只是解释现实，这同后现代思潮中流行的"话语游戏"和"思维操作"具有本质差别，理论批判的任务在于改造历史，而不是改造文本。

文章提出，当今资本全球化真正创造了一个"世界历史时代"，提供了发挥马克思思想批判潜能的成熟的、真实的语境，这不是一个应该离开马克思，而是走进马克思的时代。对于不仅苦于现代性之发展并且苦于现代性之不发展的当代中国，马克思思想的基本意义在于提供超越资本现代性的指向，使实践具有走向未来的历史担当意识，而不至于全面陷入资本现代性的泥沼而失去创造历史的可能性。

在答辩中罗骞指出，整个论文从四个方面具体展开论述，上面我只是就某些方面指出了文章的一些亮点，可以说是挂一漏万。比如说，文章提出马克思的《博士论文》与《莱茵报》时期共同的思想基础是"启蒙现代性"，马克思思想最大的转折点发生在黑格尔法哲学批判时期，《神圣家族》与《德意志意识形态》在思想原则上没有根本的差异，异化劳动批判和后来侧重于所有制的批判之间具有内在的统一关系，早晚两个马克思说是以费尔巴哈和黑格尔为镜像的学科化解读结果，马克思思想不是思想内部的理论革命，而是改造社会的革命理论，等等。马克思主义哲学领域内的学者都知道，这些论断在一系列很有争议的问题上表明了作者的见解，具有明显的针对性和论战性。然而文章却举重若轻，没有以醒目的专题化形式展开论述，而是将它们静悄悄地布置到行文之中，使得文章含金量高，内容充实，有读头，耐人寻味。

论文结构、逻辑、表述等方面的特点，不待多言。至于文章的不足，我想指出的是，从材料上看，对国内学者的研究成果关注不多；从内容上看，对马克思理论限度的讨论有待进一步深入；从论证来看，对少数论断的论证不够集中突出，显得分散。好在对这些方面的不足，罗骞自己也有充分认识，在论文获得较多赞誉时，他总是很谦虚地谈到论文的不足和遗憾，他甚至对这么快就交付出版显出犹豫，经我的多次鼓励他才拿定主意。他在论文的前言中曾经列举了研究的五个目的，可谓立意高远，尽管论文还存在这样或那样的遗憾和缺陷，然而瑕不掩瑜，在我看来，这篇论文达到了最初确定的高标准。我为它的面世感到由衷的高兴，也乐意向各位读者推荐它！

是为序！

2007 年 3 月 22 日

由理想信念支撑着就能无往而不胜

——为马拥军①《马克思主义与人类新文明》一书写的序

我结识马拥军是在 1986 年给复旦大学哲学系 85 级本科生开设的"西方马克思主义概论"的课堂上。那时，他刚 20 岁出头，黑黑的脸，戴着一副深度近视的眼镜，人不算矮，但坐在第一排。他求知欲的强烈，追求真理的执着，从他与众不同的听课的认真模样中已经充分地表现出来了。我当即注意到了他，与他聊上了，让他当了我这一门课程的课代表。期终考试我出了一张颇有些难度的考卷，但形式是"开卷考"，时间是三个小时。那天，他根本不像其他同学那样拼命地翻阅教材和听课笔记，而是不瞧这些东西一眼，闷头疾书，两个小时不到，就把考卷交到了我的手上。我拿着他的考卷，惊呆了。这哪里是一份普通的考卷，而是一篇篇出类拔萃的短论文。对每一道题，他不仅能正确地把握西方马克思主义代表人物的观点，更是对其观点作出了鞭辟入里的分析。这样一份非同寻常的考

---

① 马拥军，1967 年 4 月生，山东临朐人，1985 年 9 月至 1989 年 7 月于复旦大学读本科，1999 年 9 月至 2002 年 7 月于复旦大学攻读博士学位，现为复旦大学教授、博士生导师。

卷，我以前没有遇到过，以后也从未见过。我教了数十年的书，出考卷考学生也无数次了，马拥军的这份答卷是我印象最深的一份。我当时就得出结论，拥军是个大有前途的理论英才。

1989年，他本科毕业了，我原以为凭他的才华定能顺利地走上理想的工作岗位，充分发挥并进一步发展自己在理论上的才能。哪知道，"天有不测风云"，他受到那一年风波的影响。几个月以后，他才被分配到家乡的一个"师资培训中心"工作。

临走的那天，我前去与他告别。我对他能否正确地面对眼前的境遇，能否继续坚持理想奋勇向前，是深深地忧虑的。但我只见他，把其他所有杂物都丢在一旁，唯独把几十本已出中文版的《马克思恩格斯全集》背在身上，走出了校门。我的忧虑不能说烟消云散，起码也减了大半。以后，一有机会，我就与人诉说马拥军在受审查后是背着《马克思恩格斯全集》回到家乡的。这也成了一段佳话在学术界流传。

实际上，拥军回到家乡以后，我与他保持着联系，不断地给他鼓励与希望。实际上，我们之间珍贵的情谊是在这一特殊的时期建立起来的。

我跟他说，这是暂时的，千万不能因此而消极失望。

说实在的，我从来没有对他失望过，我始终相信拥军是个人才，总有一天，他会有用武之地。且关键在于，我发现，他本人尽管在精神上有所反复，但总的来说，他从来没有放弃过自己的理想和追求，他一直在苦读，特别是阅读马克思主义的经典著作。当今我们的学术圈里公认，拥军是对马克思主义原著最熟悉的，大家对马克思主义原著遇到什么疑难问题，总是请教他，这一点，我本人也不例外。拥军深厚的马克思主义基本理论的功底可能就是在这段时间打下的。

拥军跳出困扰他的环境的机会终于来到了。1997 年，华侨大学鉴于他优异的考试成绩，正式录取他为硕士研究生。从此，在华侨大学的领导、老师和同事们的帮助下，他走上了比较顺利的发展道路：1999 年，他提前硕士毕业，并且留在华侨大学任教；1999 年，他考上复旦大学的博士研究生，在职攻读博士学位；1999 年，他加入中国共产党，成了一名中国共产党的党员；2003 年，他晋升为副教授；2006 年，他破格晋升教授；2008 年，他被引进至上海财经大学任教；2017 年，他又被引进至复旦大学任教，成了复旦大学马克思主义学院的学科带头人。

从 1997 年至今年的这二十五年时间里，他的职称不断地晋升，工作单位也在不断地变换，所在学校的层次不断地提高。与此相应，他所取得的成绩也愈来愈引人注目。他在教学上非常突出，不论到哪里，他所上的课，特别是在马克思主义理论方面的课，深受学生的欢迎，成了那里的"名牌"课程。他在上海高校所开设的"马拥军读经典"，聚集了一批高校青年教师，成了上海高校马克思主义学习与研究方面的一个著名的平台。而最有成就的还是他的理论研究方面，他在《哲学研究》《马克思主义研究》《马克思主义与现实》《教学与研究》《学术刊物》等刊物上发表了数十篇文章。他担任过一项国家社会科学基金重大专项课题首席专家和一项国家重大课题首席专家。我本人则与他合作撰写过一部著作和一篇文章。一部著作获得了教育部人文社会科学优秀著作二等奖，一篇文章获得了上海市哲学社会科学优秀论文一等奖。从量来说，拥军的理论成果确实不多，但对他的理论成果千万不能仅从量上来衡量，关键是他的理论文章的"质"。他的文章总是富有特色，富有原创性，总渗透着他自己的观点，所以这些文章一发表，总能引起广泛关注。

我与拥军交往前后已有三十七年了，在这三十七年时间里，我一直在关注他，也一直在思考他。我思考的一个核心问题为，是什么精神力量支撑着他，使他在逆境中永不气馁，在顺境中永不松懈？我的结论是，他对马克思主义的理想和追求。他是一个坚定的马克思主义信奉者，而且是在彻底地理解了马克思主义基础上的信奉。这一点，我从他在复旦大学读本科时就已感受到，而且随着时间的推移，他的这种信念非但没有减弱，反而越来越强烈。尽管他对马克思主义的"真精神"的理解，有时候可能有些"另类"，但忠诚于马克思主义这一点他始终如一。这种对马克思主义的信念成了他克服艰难险阻、奋发向上的原动力。需要特别指出的是，他研究马克思主义，但从来不把研究马克思主义视为一个普通的职业，因此从来不把研究马克思主义作为自己的职业行为。他确实坚信，无论时代如何变迁，科学如何进步，马克思主义依然占据着真理和道义的制高点，与马克思主义同行，就是同真理和道义的制高点同行。他把研究马克思主义视为追求真理的生命活动，从而他把研究马克思主义看得十分崇高。他大学本科的一个同学，成了一个有着数千亿财富的上海民营企业家。人们谈及这位大富翁时，总有一些羡慕。而我注意到，拥军说及此老同学时，从来也没有表现出丝毫的羡慕，总是说，他有他的追求和成就，我有我的追求和事业。有人这样对我说，你对马拥军是最了解的了，可否说一下马拥军此人最大的特点是什么。我就回答他，对马克思主义始终如一的追求，把此化为自己的支撑力，并且以此为崇高，甘愿毕生投身于此，这就是我所了解的马拥军的最大特点。

这部题为"马克思主义与人类新文明"是拥军最近推出的研究马克思主义的系列成果之一。他一直坚持说，相信马克思主义就是相信共产主义，坚持马克思主义理想就是坚持共产主义理想。这部新近完成的著作就是论述在新的历史条件下如何坚持共产主义。

他认为，随着中国特色社会主义道路的开启，共产主义新文明的本质、条件和途径就都显露出来了。

他在书中指出，中国道路的特点在于始终坚持最高纲领和最低纲领的统一。中国共产党的最高纲领始终是共产主义。马克思主义作为指南针，为我们指出了共产主义的方向，这始终是中国共产党的最高纲领。但道路必须从脚下开始一步步地走。当时，中国的任务是反帝反封建，因此党的二大确立了反帝反封建的民主革命纲领，并把它确立为党的最低纲领，与党的最高纲领统一起来。此后，中国道路不断延伸，最低纲领也不断向前推进。中国共产党先后确立了抗日民族统一战线、民主建国、社会主义改造、社会主义改革开放的最低纲领，但最高纲领始终是共产主义。正是在这一意义上，习近平强调"革命理想高于天"。

党的十八大以后，中国特色社会主义进入新时代，中国社会主要矛盾由人民日益增长的物质文化需要同落后的社会生产之间的矛盾，转化为人民日益增长的美好生活需要和不平衡不充分的发展之间的矛盾。可惜当时绝大多数人没有意识到我们已经进入了新时代，直到党的十九大报告明确提出来，人们才后知后觉地明确了新时代的定位。这一方面说明了中国共产党作为先锋队的重要作用，说明中国共产党的领导是中国特色社会主义最本质的特征，另一方面说明马克思主义学者们并没有承担起先行一步的研究重任。

鉴于上述分析，拥军明确提出，本书的目的恰恰在于说明"新时代"的根本特征。马克思曾经指出，对未来社会的任何设想，如果脱离当下的实践，都会陷入空想。唯一科学的研究方法是"通过批判旧世界而发现一个新世界"。在当代中国，必须把中国特色社会主义共同理想和共产主义远大理想统一起来。未来社会的面貌只有通过实践的途径、通过道路的延伸才能看清楚。由此，决定了本书的研究，不仅在关注点上与传统马克思主义教科书有所区别，而且在理解和解释当代中国马克思主义时，也不是以传统马克思主义观点作为衡量标准，而是以文明论视野重新阐发马克思主义的相关理论，并以此诠释当代中国马克思主义的意义。只有在这之后，才能进而分析中国特色社会主义进入新时代以后将要建立的人类新文明类型的特点。

在拥军看来，很多人之所以认为共产主义不可能实现，一方面是基于所谓"人性自私"的假设，另一方面是基于短缺经济。中国特色社会主义进入新时代，表明两者都已经发生了改变。

对于前者他是这样具体驳斥的：人们反对共产主义的人性假设，是说人本性是自私的，共产主义违背人性。实际上，从长期的人类文明史来看，自私自利只是人类进入文明时代以后的现象。在长期的蒙昧时代和野蛮时代，人性自私的假设都不成立。进入共产主义社会之后，物质短缺现象的消失将使得自私自利成为不必要和愚蠢的事情，人们衡量财富的标准不再是货币和资本，而是社会关系和个性的自由发展，换言之，物质财富将仅仅作为社会财富和精神财富、个性财富发展的基础，而不再是全部内容。这表明，文明时代的自私自利只是长期的人类历史中的一小段，而自私自利表明的不过是人对人的异化状态，也就是马克思所说的"愚蠢而片面"的状态。自从 20 世纪六七十年代以来，欧美已经进入一个新时代；自党的十八大以来，中国已经进入一个新时代；最迟在 21 世纪下半叶，整个世界将进入一个新时代。这是一个马克思和恩格斯所说的物质需要或马斯洛所说的生理需要和安全需要能够得到满足的时代，是一个马克思和恩格斯所说的社会需要或马斯洛所说的归属与爱的需要、尊重的需要正在萌发的时代，是一个马克思和恩格斯所说的精神需要和个性需要或马斯洛所说的自我塑造、自我实现的需要将要产生的时代。马克思和恩格斯曾经明确指出，未来共产主义社会的人类将截然不同于今天的人类。它既不是由今天的资产阶级构成的，也不是由今天的无产阶级构成的，而是通过无产阶级的自我改造所形成的新人类构成的。这样的人类不再是经济人基础上的社会人、政治人、意识形态人的分裂，而是以完整的人为基础的全面发展和自由发展的人。西方的所谓"新新人类"或"代沟"只不过是腐朽和垂死的资本主义文明的回光返照而已。如果说马斯洛的需要层次理论，即生理需要和安全需要、爱的需要和尊重的需要、自我塑造和自我实现的需要所构成的需要层次理论，忽视了需要异化现象，因而只能作为空想社会主义的心理学，那么马克思和恩格斯的需要层次和结构理论，即物质需要（肉体需要、自然需要、经济需要），社会需要（联合的需要、团结的需要、凝聚的需要），个性需要（自我塑造的需要、自我实现的需要）所构成的层次和结构，将为新的社会学和心理学奠定基础。

如果说他对于前者的驳斥我们还比较熟悉，那么他对于后者的驳斥则是充满着新意。他这样说道，马克思不仅曾经把资本主义文明称为"所谓的文明""罪恶的文明""虚假的文明"，把共产主义称为"真正的普遍的文明"，而且认为经济危机表明"社会上文明过度，生活资料太多，工商业太发达"，因此需要为人类社会新文明所取代。马克思没有预料到的是，《共产党宣言》中所说的"文明过度"还仅仅是开端，资本主义文明还要腐烂很长一段时间才会走向灭亡。这表现为欧美并没有通过共产主义，而是通过两种类型的改良主义摆脱了相对过剩危机。其中，在美国，民主党推动进步主义向前发展，通过罗斯福新政建立了左翼自由主义的福利国家；在欧洲，社会民主党走向修正主义，推动建立了民主社会主义或宗教社会主义的福利社会制度，由此摆脱了所谓的中等收入陷阱（实际上是两极分化陷阱），进入高速发展的时期。直到20世纪60年代末70年代初，欧美国家相继进入以"滞胀"形式表现出来的绝对过剩时期。所谓绝对过剩，当然不是指所有需要都能够得到满足，而只是相对于满足物质需要即对生活必需品的需要来说的过剩。它实际上表明，在人类低级需要能够得到满足的条件下，人类已经进入了满足社会需要的全面发展和满足个性需要的自由发展时期。但这以共产主义作为前提条件。欧美实行的仍然是资本主义制度，因此对更高级需要的追求只能以"新社会运动"的形式表现出来。新社会运动是相对于阶级政治而言的。阶级是以经济地位划分的，在欧美语境中，阶级政治本质上是经济地位之争。与此不同，新社会运动则是以追求更高级需要的满足为标志的。

党的十八大以后，中国进入经济新常态，中国社会的主要矛盾转化为人民日益增长的美好生活需要和不平衡不充分的发展之间的矛盾，表明中国已经在科学发展观的基础上，进入了20世纪六七十年代以来欧美的语境，即在"物质文化需要"初步得到满足的小康社会基础上进一步追求美好生活需要满足的共同富裕时代。这说明，传统的经济理论和社会理论已经不适于用来分析新时代的经济发展和社会进步了。传统经济学以短缺作为基本假设，与此相应，传统社会学以经济的社会形态作为研究对象，而产能过剩和资本过剩表明，当代的短缺已经不是"物质文化需要"得不到满足意义上的短缺，而是"美好生活需要"得不到满足意义上的短缺了。非物质生产在欧美的兴起说明，单纯的"经济生产"已经远远不够，马克思所说的"全面生产"的时代已经来临，因此需要更新传统的分析框架，包括新的世界观、价值观和人生观，把马克思主义推进到21世纪的水平。

拥军推出的理论成果总是富有创意，但不乏引起争议之处，这一著作也不例外。热切希望学术界朋友关注这一著作，并对其中的一些观点展开研讨，帮助拥军，使他的理论观点更加成熟和完善。

是为序！

2022 年 9 月 12 日

六年时间完成了从幼儿园老师到大学老师的转换

——为金瑶梅①《阿尔都塞及其学派研究》一书写的序

作为一名教师，最欣慰的莫过于看到自己的学生的进步与成长了。我现在就沉浸在我的学生、同济大学金瑶梅的处女作《阿尔都塞及其学派研究》出版的喜悦之中。

2003 年 9 月 27 日，由《中国社会科学》杂志社等单位举办的"全球化语境中的文明冲突与哲学对话"学术研讨会，在山清水秀、风景如画的桂林召开。我记得那天我刚发言完从讲台上下来，一个清纯美丽、落落大方的女孩站在我面前。她首先自我介绍说叫金瑶梅，是广西师范大学的在读硕士研究生，来自浙江海盐农村，接着在对我的发言加以一番赞赏以后，就表示要报考我的博士研究生。就这样，我们有缘相识了，我开始了与她多年的交往。在这些年里，她总是使我"低估"了她，她总是给我以惊喜，她取得的成绩总是那么出乎我的意料。而正是通过这一次又一次的

---

① 金瑶梅,1975 年 3 月生，浙江海宁人,2005 年 9 月至 2008 年 6 月于复旦大学攻读博士学位,现为上海理工大学教授、博士生导师,马克思主义学院院长。

"低估""惊喜"和"出乎意料",我逐渐认识到她是一个"可教""值得培养"的学生,一个只要继续不懈努力就有着广阔前途的教育战线和理论战线的新秀。

尽管她说要报考我的博士研究生,但说实在的我当时并不在意。时任《中国社会科学》杂志副主编的赵剑英编审郑重地向我推荐她,我也只是出于人情难却允承了下来。我知道,复旦大学哲学学院录取博士生是十分严格、公正的,不上录取分数线休想进校门。我的许多博士研究生是连续考了几年才成功的。我想,如金瑶梅真的有志于攻读博士学位,也得花上几年时间才能如愿。一般来说,考生一旦确定报考我的博士研究生,会经常通过电话等各种方式与我联系,金瑶梅则在这期间杳无音信。因此,过不了多久,我差不多已把她淡忘了。一直到 2005 年初,她到复旦大学来参加考试,考完给我打了一个电话问候了一下,没有照面就走了。当年报考我的考生有十多名,按照惯例在马克思主义哲学这一方向我至多也招收两名。我把所有与我联系的考生梳理了一遍,根本没有把她列入可能录取之列。考生的分数下来,我一看就吃了一惊,金瑶梅的总分不但过了学校规定的录取分数线,而且在我所有的考生中她是分数最高的。与她同时录取的一位上海某高校的教师是考了三年才"功德圆满",而她"一枪命中"。我马上打电话给她告诉了这一喜讯,她只是淡淡地回答说:"知道了,谢谢老师!"这是我第一次"低估"了她。

她硕士学位一拿到就结婚了,因此她是与她肚子里的孩子一起跨入复旦大学的。我望着这个大腹便便的学生,心里实在不满意。心里一直在嘀咕:她这样的状况怎么读书呢?有一次她缺课了,我甚至当着一些学生的面这样数落她:她究竟是借这段时间来生孩子的,还是真的来学习的?既然要生孩子就不要报考博士研究生了。当然这些学生把我的话传给了她，她也渐渐感觉到了我对她的不满。但她没有马上来找我表示什么。一直到她生了孩子后才来到了我的办公室，含着眼泪对我说："陈老师，你放心，我一定把课程补上，也一定把论文做好，按时毕业。"我当时虽然已意识到自己可能过分了从而有点儿内疚，但是对她能否准时毕业是深表怀疑的，我思想上准备让她拖上几年。2007 年底，应届博士生要进行预答辩，在审核时我发现她不但所有规定的课程都已修完，而且博士论文的写作进展也很快。2008 年夏天，正当其他一些博士研究生因无法按时交出论文而无奈地办延期手续之时，她则从容地坐在答辩现场参加答辩。参加答辩的老师对她的论文给予较高的评价，经过投票，她的论文被列入严格地控制在占所有论文的 30% 之内的优秀论文。显然，她按时毕业，按时写出论文，所写的论文又获得优秀，是再一次出乎我的意料。

在她忙于写作论文的同时，她还得到外面奔波找工作。对她找工作我并不看好。只要翻开她的履历表，就可知道她有"先天不足之处"。她根本没有读过正式本科，中专毕业后经自学获得了大专文凭，然后凭这大专文凭考上了广西师范大学的硕士研究生，再凭广西师范大学获得的硕士学位考上了复旦大学的博士研究生。尽管有着名校的博士学位，但仅从学历起点看她的"底气"确实不足。如今博士生找工作是如此难，哲学专业的博士生是难上加难，女的哲学博士是难上加难再加难，而像这样在学历上有"缺陷"的女的哲学博士后面还得再添上一个难！那些日子我真为她担心。我当时还真有点儿"自命不凡"，心想她一定会来找我帮忙的，而且她最后非得由我推荐、凭我的关系才能解决自己的工作问题的。可是，她偏偏没有来找我，甚至没有要我打一个电话推荐。她的同学告诉我，金瑶梅的工作定位很高，非得在北京、上海找一个专业对口的工作岗位。我对学生找工作，出于一种责任感总是全力帮忙的，一起"出谋划策"，竭力向熟人推荐，我的家人常常说我对学生工作的关切程度要超过对自己的儿子。金瑶梅不来找我，我就主动去找她，看看我究竟能为她做些什么。但令我想不到的是，她这样对我说：工作已找到了，参加了同济大学的招聘面试，结果面试完还在回复旦大学的路上，就已通知她被录用了。我当时听后内心百感交集，她又一次给了我"惊喜"。

我有好几位学生在同济工作，其中两位还是我的"开门弟子"，一位是我的第一个硕士生，还有一位是我的第一个博士生。每次聚会，我都会狠狠地批评他们，批评他们到了同济工作多年没有取得明显的成绩，没有如我期望的那样长进。金瑶梅会不会也像他们那样呢？我脑子里一直有这个疑问。金瑶梅在本书的"后记"中说，"当我在同济大学工作以后，印象最深的还是他在电话中大声责问我为什么近来学术没有大的起色的声音"，确有其事。这说的是当她的博士论文确定交重庆出版社出版，但要她作出较大的修改以后，我发现她那里一直没有动静，于是我在电话中指责了她。但过了不久，从同济大学传来的各种信息表明，她在那里干得真不错。她所在的同济大学马克思主义学院的领导与几个资深教授每次见到我，都对她百般赞扬，还说什么感谢我给他们培养了一个好学生，等等。一年多的时间里，她就独立拿到了上海市社会科学基金研究项目，发表了近十篇学术文章，还被推荐到上海市青年社会科学研究者研修班去学习，参加了学院组织的教学比赛，获得了一等奖，而最主要的是她还按照要求把博士论文进行了修改，受到了丛书主编俞吾金教授的肯定。每当听到关于她在同济工作取得进步的好消息，我总是既高兴又内疚，内疚的是我不应该一次又一次戴着"有色眼镜"看她，从而"小看"了她。

我讲以上这些与其说是在赞赏她，倒不如说是借这一机会在作自我批评。我要向她致歉，希望她能原谅我这些年，特别是在她怀孕生孩子这一阶段对她的冷酷。我衷心希望她再接再厉继续努力。她后面的路还很长很长，目前所取得的成绩在漫长的人生之路上还算不了什么。在一定意义上，我宁愿一直"低估"她而不断内疚，也不想因为"高估"她而陷于失望。

她的"后记"写得十分感人，特别是其中的一句话特别引人注目："六年的时间，我完成了从一个幼儿园老师到大学老师的转换"。她所说的"六年时间"大概是指从 2003 年考上广西师范大学硕士研究生一直到在复旦大学拿到博士学位进同济大学工作这六年。我认识到，如果把与她结识以后的对她的了解同她之前的经历联系在一起"阅读"她这一本书，可能对我的触动更大。她是个江南水乡的农家女孩，小学和初中学习成绩一直很突出，但因为家里经济状况并不太好，再加上是个女孩子，从而成绩越是好越是没有机会读高中，而只能进中专技校，这样可以提早工作提早取薪。她也正是中考"高分"进了浙江的一个幼儿师范读书，毕业后在家乡的一个幼儿园当上了幼儿教师。按常理，她会安心地在那里工作，安心地在那里恋爱、结婚、生子，安心在那里度过一辈子。但如果是这样，她就不会有今天。最近，她给我看了她回到家乡当幼儿老师后她所写的一些诗篇，我了解了她当时的心境。她不向命运屈服，她在工作之余抓紧时间自学，在高中课程一天也没有正式读的情况下，她竟然通过自学考试拿到了大专文凭。其中最艰难的是英语，她完全凭听收音机自学过了关。在考复旦大学博士研究生的时候，我看到她的英语成绩是 63 分，而当年复旦大学最低英语取分线是 53 分。后来当我知道她是完全凭自学考取这一分数时，我真是"服"了她。就这样，她完全依靠自身的聪慧、毅力与勤奋，竟然在六年时间里，"完成了从一个幼儿园老师到大学老师的转换"。我觉得我有责任把她的这一经历揭示出来，一方面，用她的这一经历教育我的后代及我的学生们，告诉他们：一个人即使起点再低，在人生的道路上遇到的曲折再多，但只要有远大的理想，肯受苦受累，还是有可能赢得灿烂的未来；另一方面，用她的这一经历向社会发出呼吁：对于那些因各种原因丧失机会读大学甚至高中的有志青年，不要切断了他们考博士研究生的通道，不要堵塞了他们的"上升空间"，他们中也有出类拔萃者。

讲完了金瑶梅其人，下面想说点儿关于这一著作的事。当金瑶梅向我说她的博士论文准备写阿尔都塞时，我是十分赞成的。确实，我对研究阿尔都塞有着一种特殊的向往，特别是在苏东一大批社会主义国家易帜、解体，马克思主义、社会主义处于低潮的今天。为了说明这一点，我想回忆一段往事。20世纪80年代初，我们国内理论界正在展开关于人道主义问题的大讨论，我当时供职的复旦大学哲学系现代西方哲学研究室为了为这场讨论提供一些思想资料，决定编译一本《西方学者论〈1844年经济学—哲学手稿〉》，决定把阿尔都塞的论文集《保卫马克思》中的若干论文也收集其中。当我整理这些论文时，发现阿尔都塞在1967年为这一著作英文版所写的题为"致我的英文读者"的"序言"很有思想性（在我们所编译的书中，我们将这一"序言"取名为"我为什么反对重新解释马克思主义"），我建议把它也收集进去。阿尔都塞在这一"序言"中提出，他之所以要出版《保卫马克思》这一著作，是为了"对一种特定局势的干预"，他所说的"特定局势"是指苏共二十大以后，在国际共产主义运动中掀起了对斯大林教条主义的批评，与此相应，出现了把马克思主义人道主义化的倾向。他强调,将马克思主义人道主义化既混淆了马克思成熟的历史唯物主义与青年马克思的人道主义之间的界限,也混淆了马克思主义理论与前马克思的资产阶级理论之间的界线,其结果是阉割、葬送了马克思的真精神。他还预言,这样做必然产生严重的政治后果,使马克思主义"没有能力解决自苏共二十大以来形势所提出的现实的(其基础是政治的和经济的)问题,这样就产生了用一些仅仅是意识形态公式的虚假'结论'来掩饰这些问题的危险"①。按照阿尔都塞的观点,由于这些社会主义国家所推行的意识形态实际上已是资产阶级的人道主义,由于这些社会主义国家已失去了真正的马克思主义的支撑,所以这些社会主义国家易帜是早晚的事。后来历史的发展不幸被阿尔都塞所言中。20 世纪 90 年代初,苏东社会主义国家果真像阿尔都塞二十多年前所预料的那样纷纷垮台和解体了。但关键在于,当今人们在解释苏东社会主义国家为什么垮台和解体时,往往把原因归结于马克思主义走向教条主义,割裂了与人道主义的内在联系,不讲人的结果。这样就有一个尖锐的问题摆在我们面前:从理论上讲,苏东社会主义国家的垮台和解体,是由于像阿尔都塞所说的那样自苏共二十大以后不断地把马克思主义人道主义化,从而"化"掉了社会主义的马克思主义根基,还是如当下一些人所解释的那样,是因为把马克思主义人道主义化"化"得还不够,还不彻底?这是两种截然相反的观点。显然,对这一问题的不同的回答直接涉及马克思主义和社会主义的命运,甚至还涉及整个人类的命运。

我要金瑶梅写这篇论文时直面这一问题,对此作出明确的回答。但显

---

① 复旦大学哲学系现代西方哲学研究室编译:《西方学者论〈1844 年经济学–哲学手稿〉》,复旦大学出版社,1983 年,第 205 页。

然我对她的要求太高了。事实上，如果她真的如我所希望的那样，把论文写成对这一问题的正面阐述，那她的论文是否能顺利通过都是问题。她选了一个很好的角度对阿尔都塞的"理论上的反人道主义"这一核心思想作出了较为深入的探讨。经过研究，她得出的基本结论是：马克思主义中的人道主义思想既是现实中的存在，又是一种意识形态，还是马克思学说成为科学的意识形态障碍。这实际上基本肯定了阿尔都塞关于马克思主义与人道主义之间相互关系的论述。从这一点出发，她又婉转地揭示出阿尔都塞对当今时局的极大的预见性，及以"理论上的反人道主义"为突破口重新解读阿尔都塞的时代的客观性。我基本同意金瑶梅对阿尔都塞的"理论上的反人道主义"的基本认识。在我看来，金瑶梅以自己的方式实际上也已回答了我上述所说的那一摆在我们面前的尖锐的问题。这正是这一著作最大的价值所在。

作为一部研究阿尔都塞的专著，从学术研究的角度看，它在以下两个方面有着明显的突破：

其一，目前国内对阿尔都塞的研究主要局限于对以《保卫马克思》和《读〈资本论〉》这两部著作作为代表的阿尔都塞的前期思想，而金瑶梅在对阿尔都塞前期思想进行探讨的基础上，把视野扩展到阿尔都塞的一生，即研究了阿尔都塞后期的系列反思活动和思想创新。她通过自己的研究成果弥补了当今国内外学术界缺乏对阿尔都塞后期反思进行研究的不足。我认为，金瑶梅针对目前国内外对阿尔都塞后期理论的种种误解提出，阿尔都塞后期的反思并不是前期思想体系的彻底崩溃，他在对前期部分观点进行自我批评、自我修正的同时，还是以理论迂回的方式坚持了像"理论上的反人道主义""认识论的断裂"等前期思想的核心观点，是富有说服力的。

其二，目前国内对阿尔都塞的研究主要局限于研究阿尔都塞本人，而金瑶梅不仅研究了阿尔都塞，而且还剖析了整个阿尔都塞学派，并在此基础上剖析了阿尔都塞及其学派对当今许多主流学派的影响。她通过对阿尔都塞学派的形成、演变、特征及代表人物进行探究，清楚地向人们展现了这一学派的几位代表人物之间的思想发展逻辑，进而揭示了整个阿尔都塞学派所具有的理论价值和现实意义。至于她对阿尔都塞与当代一些主流学派之间内在联系的分析，尽管还显得较表面化，但无疑基本脉络十分清楚，这一分析为人们认识阿尔都塞及其学派在当今思想理论界的地位开辟了思路。

十分有趣的是，金瑶梅在这一著作的"前言"的结尾处，向读者交代了她写作本书的"五个基本目的"。把自己写作所要达到的目标坦诚地向读者说清楚，让读者来审视她究竟有没有，并在多大程度上达到了她的目标，这是需要有理论勇气的。上述算是我对她的这一著作的审视，当然我不隐瞒自己的观点，我认为她是基本上达到了自己对自己提出的目标。"文如其人"，我觉得金瑶梅的著作正如她这个人一样，既内敛又飘逸。我相信，读者阅读她的这一著作是不会感到失望的，尽管这只是她的一部处女作。

现在有个不成文的规矩，学生的论文出版导师总要作序。她已数次向我索序了，再不交给她要影响她的著作的出版了，于是我围绕着其人其书一气呵成写了如上文字。

是为序！

2009 年 4 月 19 日

主动去井冈山大学发展

——为仰和芝①《女性农民工迁移婚姻风险的评估与防范研究》一书写的序

　　在我所有的学生中，仰和芝是本人最省心的。无论是她做论文、发表文章，还是找工作，她没有要我提供任何特殊的帮助。每当回忆起她在复旦大学攻读博士学位的几年，我总感到"亏欠"了她什么。她没有给我带来什么"麻烦"，相对于其他博士研究生，她与我接触时间比较少，但并不意味着我与她师生感情淡薄，更不意味着我不看好她、不看重她。实际上，她一直是我心目中最优秀的学生，我为自己拥有这样的学生而自豪。我也常常以她的人生经历和事业有成作为"榜样"来教育后来的学生和自己的子女。

　　和芝是 2002 年进复旦大学读博士研究生的。当时，我还在复旦大学哲学学院的外国哲学学科带研究生。她攻读的是外国哲学专业的博士学位。众所周知，在哲学学院所有的二级学科中，外国哲学专业的博士学位

---

① 仰和芝,1969 年 8 月生,安徽肥西人,2002 年 9 月至 2005 年 6 月在复旦大学攻读博士学位,现为井冈山大学教授,政法学院院长。

竞争最为激烈，一般的考生都要连续考数年才能录取，而她竟然"一枪命中"，这实在难得，可见她原先的素质确实不错。

使我感到惊异的是，她来复旦大学读书，还带上了自己年幼的女儿一起来"陪读"。原来，为了不影响自己丈夫的工作，她宁愿自己一边读书，一边带孩子。我当时对这个带着自己的女儿来读书的博士研究生，确实有点儿担忧，对她能否安心地学习，能否顺利地按时拿到学位，深深地怀疑。但实际上，我所有的担忧和怀疑都是多余的。她没有落下任何一堂博士生的课程，而且成绩均优秀，对博士生所要求的在 C 刊上发表的文章她一篇不少地推出，博士论文她如期完稿，无论是外审还是内审都获得专家的好评。当然，论文答辩也顺利通过。她的学位论文主要研究的是斯宾诺莎的伦理学，题为"生存与和谐：斯宾诺莎对生的沉思"。当时整个学术界研究的热点就是"和谐"问题。她的这篇博士论文的写作正当时，为学术界深入研究和理解和谐理论提供了斯宾诺莎的思想资源和研究视角。

2005 年，她对就业地点的选择真的大大出乎我的意料之外。按照她的博士论文的水平和平时的学习成绩，我认为她完全有条件在上海或者其他一线城市的名校选择自己的工作去向，甚至还可以争取留校工作。可正当我根据这一去向为她的工作努力做工作的时候，她却过来告诉我：工作已经找好了，去井冈山大学。我一下子惊呆了，实在不能理解。和她一番详谈后，我才真正明白了和芝有着自己的人生选择。她告诉我，她不喜欢喧闹的大城市，而特别钟爱安静的二三线城市，愿意在这些安静的地方与自己的家人过日子。她还特别强调，这些二三线城市的高校学术基础可能比较薄弱，自己到那里去可能更能发挥自己的特长，更有用武之地。她还说，她找来找去，最后放弃了回安徽屯溪，还是决定到革命老区井冈山去。她还要我相信她，要我放心，她去了井冈山大学，一定做出成绩，不负我的期望、我睁大眼睛看着眼前的这个学生，觉得自己对她实在不了解了。她平时不善言语，可她自己有着如此独特而又高尚的志向。

和芝是携着自己的丈夫与小女儿一起奔赴井冈山大学的。对于这样一个学生，我是"紧盯"着不放的，我一直关注着她。这倒不是对她有什么不放心，主要是出于对一个主动到中小城市去工作的学生的前景的关切。我的许多学生选择在大城市、名校工作，当然他们中多数顺理成章地发展得很好。那么去中小城市，去没有多少名气的学校工作，其前景如何呢？我要通过对和芝的跟踪，探个究竟。

和芝去那里没有多久，对她的赞美声就不断地传来。每当我接触井冈山大学的人，当他们知道我是和芝的博士生导师时，总忙不迭地竭力夸奖她。而且我发现，这种夸奖都是发自内心的，列举出一件件令人动容的事例。她原先学的是哲学，刚过去时，在那里主要从事哲学教学。后来，学校根据发展的需要，要把她调去研究社会学，特别是开拓社会工作的新的专业方向，并让她担任院长。她毫不迟疑地服从调配，来到了全新的工作岗位。她在新的工作岗位上干得极其出色，没有多长时间，社会工作方向的专业竟然成了井冈山大学的一个在全国也有影响力的"亮点"。

欲知她在自己的岗位上取得了多大的成绩？请看下述这些"硬指标"就一清二楚了：她被评为全国专业社会工作领军人才、江西省模范教师、江西省金牌研究生导师，主持国家社会科学基金项目两项、教育部基金项目两项；出版专著五部；获得江西省社会科学优秀成果二等奖一项、江西省教学成果二等奖三项。

十年前，我与一批朋友去井冈山旅游，我与太太专程去井冈山大学看望了她。她陪着我们参观她的学校拨给她的宽敞的宿舍和十分美丽的校园。我从她向我们一一作的介绍中，深切地感受到了她对这一学校，对自己目前的工作，对自己的家庭生活的热爱与满意。我也再次确信和芝当年的选择没有错，她的前景也是一片见好。

我与和芝之间，如果说原先是我对她关注比较多一些，那么近十年她对我的关心远多于我。她每隔一段时期，总主动与我联系，问寒问热，千叮咛万嘱咐。好像是五年之前的一个秋天，我生了一场病，在崇明老家休养。她特地从江西吉安赶到上海，又从上海市区赶到我的乡下老家，来看望我。当她风尘仆仆地出现在我面前时，我真的感动得不知说什么才好。我体会到，和芝不仅是个事业心很强的女学者，而且还是个十分温情的知冷着热的好女士。

和芝已经出版了五部专著，大多是在社会工作方面的。她的一部新的题为"女性农民工迁移婚姻风险的评估与防范研究"的专著又要推出了。她要我为她的这一新著写个序。尽管就她研究的内容来说，我是个"外行"，但我还是十分乐意。

我通读了整部书稿，觉得这部著作非常有价值，特别具有现实意义。

正如和芝在书中所指出的，女性农民工迁移婚姻风险是一个多维度的社会现象，不只关系到迁移婚姻中的当事人夫妻，同时还关系到其家庭成员与其他社会群体；不只关涉婚姻家庭问题，还关涉人口、经济、社会网络、健康、养老与社会稳定等问题。我国正处在深刻社会转型中，面临各方面的社会风险治理新挑战与新任务。随着女性农民工迁移婚姻的持续发生与常态化存在，其因迁移效应引发的风险也势必成为我国婚姻变迁中的现实问题与社会治理中的新问题，迫切需要政策干预。和芝的这部著作为破解和回应这一重大社会现象作出了富有说服力力的研究。

在我看来，具体地说，本书的主要贡献在于：

其一，构建女性农民工迁移婚姻风险的理论框架。基于女性农民工迁移婚姻风险的时代背景，参考相关研究，把婚姻迁移理论与风险理论结合，提出并界定女性农民工迁移婚姻风险概念。在此基础上，针对女性农民工迁移婚姻风险产生、发展与影响的自身逻辑，构建包含分析视角、基本属性、要素构成、评估理论的女性农民工迁移婚姻风险的理论框架。

其二，识别女性农民工迁移婚姻风险范畴。采用深度访谈原始质性数据，运用扎根理论进行逐级编码分析，解读、识别并确定女性农民工迁移婚姻风险内容的基本方面，在此基础上形成女性农民工迁移婚姻风险的主要范畴和核心范畴并进行理论分析，达成对女性农民工迁移婚姻风险内容和维度的基础性理解。

其三，构建女性农民工迁移婚姻风险评估模型。基于质性数据，遵循风险评估相关理论和风险指标构建基本原则，借鉴相关研究思路和研究成果，充分考虑女性农民工迁移婚姻风险的具体性和特殊性，依据女性农民工迁移婚姻风险逐级编码的结果，明确女性农民工迁移婚姻的一级指标与二级指标，构建女性农民工迁移婚姻风险评估指标体系，明确女性农民工迁移婚姻风险评估的类型并进行等级赋值，编制女性农民工迁移婚姻风险评估问卷，最终构建女性农民工迁移婚姻风险评估模型。

其四，对女性农民工迁移婚姻风险进行评估。运用自主设计的女性农民工迁移婚姻风险评估问卷，抽取迁移婚姻女性、迁移婚姻男性、迁移婚姻家庭子女、迁移婚姻女性父母、迁移婚姻男性父母、失婚男性、失婚男性父母七类群体样本，运用统计分析方法，对女性农民工迁移婚姻风险的可能性、关联性、严重性、传导性、克服性的基本状况、群体差异性、相关性进行评估。

其五，提出女性农民工迁移婚姻风险防范对策建议。全面评估女性农民工迁移婚姻风险，基于研究结果，提出有针对性和操作性的对策建议，探索构建女性农民工迁移婚姻风险防范机制，使理论研究具有应用价值。辨析政府、社会、社区、家庭、个人等主体在女性农民工迁移婚姻风险防范中的角色与责任，从宏观、中观与微观层面，明确女性农民工迁移婚姻风险防范的目标、主体、内容、措施、路径，构建女性农民工迁移婚姻风险防范机制。在风险防范目标方面，要建立有责任的婚姻、有保障的家庭、有秩序的社会；在风险防范主体方面，要形成多元主体广泛参与、良好合作与协同的局面；在风险防范内容方面，要加强婚姻伦理道德建设、健全婚姻家庭保障制度、推动婚姻市场良性运转、构建社会支持网络、健全心理卫生服务体系、促进社区融合；在风险方面措施方面，要强化法律规范、实施社区层面的婚姻家庭关系调试与危机干预、提供全方位社区支持、畅通多元化心理疏导渠道、提升个体抵御风险能力、保护弱势群体；在风险防范路径方面，要实施风险动态监测、构建风险预警机制、降低与阻断风险传导。

为了正确把握本书的理论观点，我翻阅了相关著作，也请教了一些专家。我可以有把握地说，和芝的这一著作确实是属于创新型的著作。它起码具有如下创新点：

其一，首次提出"女性农民工迁移婚姻风险"概念。坚持问题导向，突出女性农民工迁移婚姻时代性、群体性与建构性特征，认为女性农民工迁移婚姻不只是个体婚姻行为，其反映的是女性农民工群体回应时代变迁与现实婚姻境遇的自我调适与自我建构。在女性农民工迁移婚姻影响日益显现的现实背景下，聚焦女性农民工迁移婚姻已产生或可能产生的问题及其后果，将风险理论引入迁移婚姻领域，首次提出"女性农民工迁移婚姻风险"概念，并将其定义为"女性农民工迁移婚姻的各种因素与属性在特定时空范围内可能引发的事件给个体、家庭、社区与社会带来损失的不确定性"。女性农民工迁移婚姻风险是在婚姻风险和迁移风险叠加基础上延伸出来的风险类型，有其基本的内涵与分析视角。从社会变迁、经济社会发展、发生空间、基本属性、要素构成、危害性等方面提出女性农民工迁移婚姻风险的视角，从未来性、不确定性、时代性、客观性、复杂性、关联性、传导性等方面分析女性农民工迁移婚姻风险属性，从风险源、风险事件及其原因、风险后果与风险承受者等方面分析女性农民工迁移婚姻风险的构成要素，丰富了女性农民工迁移婚姻风险概念内涵。

其二，初次对女性农民工迁移婚姻风险内容进行识别并提出核心范畴。目前关于女性农民工迁移婚姻风险的范畴与维度的专门学术研究尚少见，并没有形成统一或一致的理解和梳理总结。女性农民工迁移婚姻风险内容与维度表现为哪些方面，是研究女性农民工迁移婚姻风险必须首先回答的问题。为此，本研究运用扎根理论，对深度访谈原始质性资料进行开放式登录、关联式登录、核心式登录的三级逐级编码分析，抽象出 368 条初始概念，将其范畴化为 39 条女性农民工迁移婚姻风险主范畴。在此基础上分析总结核心类属，最终提炼出人口风险、婚恋风险、家庭风险、经济风险、社会网络风险、健康风险、养老风险、社会稳定风险八个核心范畴，使得所有范畴类属之间围绕女性农民工迁移婚姻风险建立联系并成为一个整体，建构了女性农民工迁移婚姻风险的范畴分析框架，使得对女性农民工迁移婚姻风险的认识更全面、深刻和细致。

其三，揭示了女性农民工迁移婚姻风险的群体差异与不同类型之间的相关性。关注现实情境，基于风险承受者的视角，运用单因素方差分析和多重比较方法，对迁移婚姻女性、迁移婚姻男性、迁移婚姻家庭子女、迁移婚姻女性父母、迁移婚姻男父母、失婚男性、失婚男性父母共七组群体关于女性农民工迁移婚姻风险差异性进行比较分析，识别群体内部差异，更好地呈现了女性农民工迁移婚姻风险承受者的复杂性，有助于深入了解与理解女性农民工迁移婚姻风险影响的群体性特征。运用相关性分析方法中的两两统计分析方法，分析女性农民工迁移婚姻风险的可能性、关联性、严重性、传导性与克服性两两之间是否存在相关关系，以及相关关系的方向，揭示了女性农民工迁移婚姻风险的多变性和变化方向，有助于深入了解与理解女性农民工迁移婚姻风险的内在结构性与逻辑性。

我相信，和芝的这一著作一定会对防范女性农民工迁移婚姻风险，对维护女性农民工的婚姻权利，对维护农民工的婚姻稳定，对维护整个社会的稳定，起到积极的作用。它产生的正能量不可估量。我郑重地向上级有关部门，向读者推荐此书。

是为序！

2019 年 8 月 8 日

连续三年春节不回家关在宿舍里苦读康德

——为王平①《目的论视域下的康德历史哲学》一书写的序

在我面前的这部题为"目的论视域下的康德历史哲学"的即将出版的书稿，原是我的博士生王平的博士论文。一看书名就知道，这是一部非常纯粹的学术著作。看着它，我实在不能控制自己，思绪万千，一件件往事清晰地在我眼前晃来晃去：

已是晚上十一点了，这是一个炎热的夏夜。我去复旦大学南区研究生宿舍办完事，顺便去看看自己的学生。打开王平的房门，只见王平赤膊坐在一盏昏暗的台灯下苦读。台上堆满了康德的外文原著的复印本和其他研究康德的外文书的复印本，还有两本辞典。最引人注目的是，台上的一个盆子里的那半个馒头和在盆子旁的那杯凉开水。我知道，这大概就是王平用以充饥的"夜点心"。我打开王平刚刚放下的那本康德的外文原著复印本，只见上面写满了密密麻麻的符号。周围宿舍的其他研究生听到我的声

---

① 王平，1975 年 6 月生，江西安福人，2001 年 9 月至 2004 年 7 月于复旦大学攻读博士学位，现为同济大学教授、博士生导师。

音，都纷纷过来了。他们七嘴八舌地告诉我，王平真用功，每天晚上看书都要看到深夜；王平真艰苦，每天晚上肚子饿了就只是啃半个馒头。面对这样一个潜心修学的好学生，我的眼睛湿润了。

大年初一上午，我从家里取了点儿现成的熟菜和水果直奔王平的宿舍。我知道这是王平连续第三个春节没有回家过年，想与他及其他几位留在学校没有回家过年的学生一起吃顿中饭。到他们的宿舍一看，他们都准备好了，除了从食堂里买来的一些菜之外，他们自己还动手做了几个家乡菜，只等我过来。那天他们喝了不少酒。我反复问王平，为什么不回家过年，他告诉我不仅仅是经济困难，主要还是想抓紧时间完成博士论文。也就是说，为了完成博士论文，他宁愿放弃回家过年。我故意向他们"抱怨"：你们不回家过年，害得我也过不好年，本来我是要与家人一起回崇明看望老人的，现在只好陪你们。

开题报告是博士研究生进校后必须过的第一关。那天，王平刚把打算写康德的历史哲学的意图陈述后，马上遭到了在座的几位老师的连珠炮般的发问。我们复旦大学哲学系的老师是非常看重康德的，而且对康德确实有很深入的研究，有的还是靠研究康德"起家"的。一般来说，博士研究生是不太敢"碰"康德的，也就是不太敢以康德为主题做博士论文的。现在王平不但要写康德，而且写的是康德的历史哲学，这使在座的老师感到诧异。老师们反复地向他讲了研究康德要超越现有的水准是何等艰难。我看到王平一开始尚镇静，后来着急了，最后变得语无伦次。他反复表示的意思是，他了解国内外研究康德的现状，而且对研究康德的困难有足够的思想准备。

王平这一届博士生要毕业了，我把包括王平在内的几位博士生叫来，想与他们好好谈谈。我想好这次谈话的主题是如何确立自己的学术立场，具体地说，就是在多大程度上认可把马克思主义理论作为学术评判的价值标准。他们知道我不但研究而且信奉马克思主义，一直强调研究马克思主义的尽量做到真信马克思主义。我没有奢望我的这一立场完全被我的学生接受，但我总希望我的这一立场能对自己的学生有所影响。那天，我们谈得很真诚，也很投入。我特别注意王平的观点。他不但是共产党员，而且还是研究生的党支部书记，如果王平也像个别权贵那样名义上是共产党员实际上根本不认可马克思主义，或者只是借助于共产党员的名义谋取私利，那太令我失望了。王平见到我那天是动"真"的，他也非常认真地对我说道：虽然他对马克思主义的信奉还没有达到我的程度，但一定以真诚的态度对待马克思主义，在今后的生涯中让自己逐步成为一个理性的马克思主义的信奉者。他还向我反复表示在对待马克思主义的问题上，他不会使我失望的。

王平毕业于江西师范大学，在该校获得硕士学位，他原报考的是俞吾金教授的博士生，后来转到我的门下。我与他三年时间的相处，在以下方面给我留下了难忘的印象：

他生活十分清贫。他是从江西山沟沟里走出来的，家里父母双亲都是地道的农民，在他下面还有弟妹数人。父母把他培养到大学毕业已非常不易，因此他就读博士学位期间别指望还能得到家庭的资助。王平只能依靠数百元博士生津贴度日。在这种情况下，他从来也没有向我说过一声生活艰难。

他脾气很倔。王平平时言语不多，非常腼腆，长得眉清目秀，看上去像个大姑娘。但是他内心有团不断燃烧的烈火，一旦确立了目标，会奋勇向前千方百计地加以实现。一般不会轻易听取他人的意见，给人以"宁折不弯"的感觉。遇到什么困难，他会正视。对于博士论文的主题，我见他实在写不下去了，多次劝他加以改动，但他不为所动。

他吃得起苦。王平的意志品质非常坚强。为了真正理解康德，三年时间里对康德的一些原著他"啃"了多遍，其中的苦涩可想而知。三个春节，他都没有回家过年，留在宿舍里"与康德相伴"。我对他说，写作博士论文，关键是选好主题，有些主题"讨好不吃力"，有些则"吃力不讨好"，而他所定的主题，则显然属于后者。他回答我说他宁愿"吃力不讨好"。

现在看来，他的这些秉性不是他做学问的障碍，而成了他做学问的有利条件。正是有这些秉性的支撑，他花了三年时间终于按照我的标准理解了康德的相关思想，并写成了这样一篇学术性非常强的博士论文。文如其人，今天重读王平的这篇博士论文，我似乎从字里行间再一次感受到了他的那种执着、倔强、甘于清贫与寂寞的秉性。

谈到王平这三年博士阶段的学习生活，我必须提及一个人。这就是王平的同门师兄、周凡的妻子小何。他们这一届我带了三个博士生，除了王平外还有周凡（现在中央编译局工作）和倪胜（现在上海戏剧学院工作）。他们三人结成了一个团队，相互帮助和鼓励。他们三人生活都比较困难，学习又都十分用功。周凡的妻子小何见自己的丈夫身体不太好，从河南信阳跟随周凡来到复旦大学陪读。小何一面照料丈夫，一面在复旦大学旁边打工挣钱。而实际上，受她照料的不仅是周凡，还有王平与倪胜。她把打工挣来的钱经常用以改善他们三人的伙食。特别对王平，因为三人中他年龄最小，所以她真像个长嫂那样给予关照。王平也非常亲切地称她为嫂子。这成为当时复旦大学南区研究生宿舍的佳话。我认为，王平能顺利地完成三年的学业，能做出这样一篇高质量的博士论文，能如期拿到博士学位，这其中也有嫂子小何的一份功劳。我相信王平也是这样认为的。

现在我再回到王平的博士论文上来。人们常说，"说不尽的康德"，但康德哲学的价值在我们的时代仍然被低估甚至遗忘，至于康德的历史哲学，更是少有人问津。人们时常会认为，康德不存在系统和有深度的历史哲学，他的历史哲学思想充其量只是其整个批判哲学体系中的吉光片羽，是当不得真的。当追问他们下此宏论的缘由时，他们又总是会说，因为康德不曾写过一部像三大批判一样的大部头的历史哲学著作。这样的理由貌似言之凿凿，但又何尝不是看热闹的看客的说辞呢？仅以字数的多少来评价一个人的学术地位，除了反证我们"著作等身"的路径依赖之外，又能说明什么呢？只能说明的是，今天我们巨大的思想空洞妄想用堆砌的字数来填补！老子以五千字《道德经》传世，维特根斯坦以三万字《逻辑哲学论》扬名，孔子述而不著，苏格拉底不立文字，按照今天的评价体系，这些人就永无出头之日。因此，仅以康德没有大部头的历史哲学著作就断定康德没有深度的历史哲学思想，是极其幼稚的说法。好歹康德以"历史"为题的东西还不在少数，否则会死无对证，康德的历史哲学思想恐怕永远尘封在我们傲慢的偏见之下。基于这样一种基本认识，我越来越赞颂王平研究康德，特别是赞颂他研究康德的历史哲学。尽管他称不上研究康德历史哲学的第一人，但这部著作或许可以让那些肆意贬低康德历史哲学地位的人从此三缄其口。就凭这一点，我想它的学术价值就体现出来了。

王平将康德历史哲学放置在西方哲学及康德哲学体系的大背景下进行探究，以目的论思想为主线，将康德历史哲学思想串了起来，从而让人们看清楚了康德历史哲学的全貌，也让人们清楚，康德对历史问题的思考其实贯穿其学术生命的始终。在这个意义上，我们终于明白，康德不乏系统的历史哲学思考；也终于明白，以黑格尔为代表的德国思辨历史哲学并不是横空出世的产物，恰恰是康德为德国思辨历史哲学奠定了最稳固的基石。

今天，当人们对于康德的目的论极其嘲讽之能事，认为康德的目的论是现代性的集中体现而大肆鞭笞的时候，王平却独出机杼，认为目的论思想并非我们所判定的那样简单。康德的目的论不仅不是对个体生命的放逐，反而是对个体生命的存在论张扬，难怪后来的海德格尔会这么倚重康德哲学，原因就在这里。因为作为调节性原则的康德的消极目的论将人的地位抬得很高，所以作为"人的生命体现"的历史才真正进入了人们的视野，真正的历史哲学才得以可能。在这一点上，康德可以与伏尔泰、维科等人比肩，他们共同开创了历史哲学的先河。只不过，由于我们的短视而看不到康德历史哲学的重要性。

黑格尔说过"熟知非真知"，学术贵在有反其道而行之的勇气。当大多数人都以为康德的《纯粹理性批判》只是一部认识论著作的时候，海德格尔却说，《纯粹理性批判》与认识论毫无关系"；当众人都以为康德缺乏系统的历史哲学思考的时候，王平却认为康德对历史问题的思考从来就没有间断。我们应当提倡这样的治学勇气。不发前人之所未发，何来学术的进步？

如果按照旧有的认识论套路来看待康德哲学，我们当然看不到康德哲学的真精神，康德对于人类命运的牵挂及历史前景的忧虑自然就会在我们的视野中缺失，康德的历史哲学自然入不了我们的法眼。因此，对康德历史哲学的忽视不是康德哲学本身缺乏历史思考的维度造成的，反而是我们陈旧的研究视域导致的结果。因为我们的视域无法与康德的视域融合，从而也就决定了康德的思想无法向我们敞开。

我相信康德的思想是多维的、立体的，在我们对于康德哲学的理解始终趋于单一化的今天，也许我们真的到了重新思考康德哲学的时候了。而王平对于康德历史哲学的梳理就是这种重新思考的结晶，它为我们打开了重视慎重审视康德哲学的向度，不至于让康德哲学在我们的研究中就此消沉下去。

我上述对王平研究康德历史哲学的成果的意义的论述，尽管我扪心自问，确实是出于内心的真切认识，自认为是"举贤不避亲"，但是还有可能渗透着出于作为其导师身份的偏见。正因为如此，我还是把对这一著作学术价值的评判权交给大家，切望学术界同人对这一著作提出宝贵的意见。

最后，我还在这里发一点儿感慨，目的是想告诉人们，特别是告诉那些已经走上工作岗位或即将走上工作岗位的青年学生：只要自己努力奋斗，自己的命运是可以改变的。王平博士毕业之时，有两个单位要他：一个是南昌大学，这是回到他的母校，南昌大学答应如他回母校工作，给予住房；另一个是上海东华大学，当然上海东华大学没有南昌大学那么优厚的条件。他来征求我的意见，我没有直接表达自己的观点，只是告诉他，现在究竟选择去哪一所学校工作这对你的人生非常重要，必须考虑地域等因素，看看究竟去哪里更有发展前途。他知道我的内心是要他留在上海工作。他茫然地对我说，留在上海，房价这么高，今后怎么生活啊！当天晚上，他一个人来到上海的人民广场，具体地感受一下大上海的魅力。他猛然醒悟：上海这么好的城市，我为什么要离开它呢？我为什么不在这里奋斗一番呢？于是他决定留在上海工作了。几年时间过去了，他的状况如何呢？前一个月，我与我的妻子得知他的夫人生了小孩，前去看望。我真实地看到他成功了。论事业，他事业有成：他已是东华大学的副教授、人文学院的副院长，学术成果非常突出；论家庭，他是家庭幸福：他找到了理想的夫人，与上海财经大学张雄教授的博士生、现在上海应用技术学院任教的小郭结婚，现在已有了可爱的女儿，而且两人在市区已买好了一百多平方米的住房。当然所有这一切都是他自己经过努力奋斗争取得来的。现在，他的博士论文正式出版，对他来说，更是锦上添花。

是为序！

2011 年 7 月 29 日

就是做苦力养活自己也不会放弃攻读博士

——为胡绪明①《西方马克思主义现代性批判理论研究》一书写的序

我所在的复旦大学哲学学院有一个好传统、好风气，这就是：哪个教师生病住院了，在病床前护理的是他的学生，而为他送终料理后事的也是他的学生，这些学生中既有在读的，也有已经毕业的，其中有些还是特地从外地远道赶来的。汪堂家教授是这样，俞吾金教授是这样，黄颂杰教授也是这样。这是我看见的，历历在目。我现在已经是七老八十的人了，我到了那一天，相信我的学生同样会这样对待我。在我所有的学生中，我最想拜托的就是胡绪明，因为他不但有一片真诚的心意，而且又具那个能力。若干年前我生过一场重病躺在病床上，曾经享受过绪明，以及云龙、陈悦等的体贴入微的精心照顾。

绪明是个地道的农家子弟，出生于安徽六安。1994 年中学毕业后他就考入长春的东北师范大学。在那里一待就是七年，从本科一直读到拿到硕

---

① 胡绪明，1973 年 4 月生，安徽六安人，2005 年 9 月至 2009 年 6 月于复旦大学攻读博士学位，现为上海理工大学教授、马克思主义学院副院长。

士学位。他的硕士生导师韩秋红每次见到我都要与我说，绪明在东北师范大学读书期间，品学兼优，受到老师和同学的一致好评，老师们，特别是她这个导师，一心想把他留下来，或者继续在这里攻读博士学位，或者直接留校工作。她一再惋惜当初没有把绪明留在身边，说为此她终生抱憾。

绪明可能由于家庭经济等各方面的原因，没有选择留在东北，而是扛着一个背包风尘仆仆地来到了大上海，决定在中国的这一"魔都"谋求发展。

我后来听绪明说，他实际上在上海举目无亲，身上也没有多少钱。仅凭怀揣一张硕士学位证书，想在上海马上找到一份工作是很难的。他曾经流落街头，曾经连续几顿吃不上饭。为了生存下去，他只好到宝山的一个工地上去打工，扛包干苦力。最后，经过几番努力，才在上海医疗器械高等专科学校找到了工作，终于有了一个落脚之地。

他实际上在那个学校是干得不错的，从 2002 年 3 月起，担任了该校的团委书记。绪明是胸怀大志来到上海的，当然他不会满足于现状的。于是，他一面尽心力做好工作，一面抓紧一切时间读书，准备报考复旦大学的博士研究生。

也正是在这一阶段，我与他相识了。他不知从哪里打听到了我家的住址，叩开了我的家门。我也是出身寒门，所以我对那些虽然没有什么背景但一心求学上进的青年人，都是热情接待的。他向我强烈地表示了要报考我的博士研究生的意愿。我对他说，复旦大学对待考生都是公平、公正的，只要您考试的分数上线，进入复旦大学攻读博士学位是有希望的。有一次，他竟然带了他的女朋友小王一起上门，小王是读理工科的，也刚从长春一个大学获得硕士学位，紧跟他来到了上海，正在准备报考华东理工大学的博士研究生。

但是报考复旦大学的博士研究生确实不是那么容易的,前两次绪明都失败了。此时,我真正看到了绪明那种永不言败的坚韧的精神,第一年没有考上,第二年再考,第二年还是差了几分,第三年又考了。就这样,绪明连续考了三次才被复旦大学录取。2005年9月,他终于正式成了我的博士研究生,专业是西方马克思主义。在博士学习阶段,他如何刻苦学习我就不具体细说了。2009年7月,他的博士论文《西方马克思主义现代性批判理论研究》顺利通过,拿到了盼望已久的复旦大学博士学位证书。

他进入复旦大学当博士研究生的同时,调入了上海理工大学社会科学部(后改为马克思主义学院)工作。在上海理工大学他已整整工作了十七多年,在这十七年的时间里,他教学、行政、科研"三肩挑",取得了非凡的成绩。在教学上,他始终在第一线,他上的一些课程成了那个学校的"名牌课"。我参加了几次复旦大学当代国外马克思主义专业的招收博士生的面试,发现来自上海理工大学的考生总是对答如流,出类拔萃,原来他们都系统地听过绪明的相关课程。在全国高校中,如此系统深入地给硕士生开设西方马克思主义课程的,可能就此一家,而讲授者就是绪明。绪明在上海理工大学长期担任马克思主义学院副院长的职务。绪明先后完成了五项省部级的哲学社会科学项目,发表了五十余篇学术论文。与所有这些业绩一致的是,给他的各种奖励也一个接着一个而来,如宝钢优秀教师奖、全国高校思想政治理论课教学骨干、上海市马克思主义教学研究"中青年拔尖人才"、上海市育才奖、上海市曙光学者、上海市阳光学者等。当然,他的副教授、教授职称也及时地得以解决。

绪明在工作上取得如此业绩的同时,他的家庭生活也日益美好、富裕。他在十多年前就在上海的市区购买了一百多平方米的商品房，紧接着又添置了私家车，他在同辈人中间是比较早地成了"有房有车者"。前不久他告诉我，他已在上海市郊购买了别墅，私家车也换成了名车。他的夫人小王与他比翼双飞，小王是自己学校的学科带头人，"升等升级"甚至比绪明都要领先一步。

看看绪明现在的生活，想想他刚来上海时的困境，再次验证了一个道理：一个年轻人，不管起点有多低，只要坚持不懈地努力奋斗，总是有着属于自己的一片天地。

绪明在获得博士学位后所做的工作我看在眼里，喜在心里。但有一事我对他十分不满，这就是他迟迟不将自己的博士论文修改出版。他博士论文研究的是西方马克思主义现代性批判理论，实际上他在十五年前就开始思考西方马克思主义的现代性批判理论为中国独特的现代化道路提供理论启示。习近平总书记在庆祝中国共产党成立100周年大会上提出创造中国式现代化新道路和人类文明新形态以后，国内学术界掀起了研究中国式现代化新道路和人类文明新形态的热潮。中国式现代化新道路研究的一个重要方面就是其理论来源。显然，马克思主义为中国式现代化新道路奠定理论基础之外，西方马克思主义为创造中国式现代化新道路也提供理论启示。这时候我自然想起了绪明的博士论文，心想倘若绪明的博士论文能够及时地推出来，为学术界研究中国式现代化新道路，特别是研究这一道路的理论来源，提供一份思想资料该有多好。

正当我进行这样的思考的时候，绪明告诉我他已准备将十五年前写的博士论文正式出版。我喜出望外，急切地写了这个序推荐绪明的这一著作。

绪明的这一著作以现代性批判的理论发展为主线，梳理了早期西方马克思主义、法兰克福学派和生态学马克思主义之间现代性理论的内在逻辑：

第一，以"现代性的物化批判"为中心，探讨了早期西方马克思主义的现代性批判理论。具体地说，这一著作从马克思的商品拜物教思想、韦伯的合理化理论，以及第二国际的"庸俗马克思主义"解释路向三个层面，分析了早期西方马克思主义现代性批判的理论缘起。在此基础上，深入地阐述了卢卡奇的物化批判理论。这一著作提出，卢卡奇以韦伯的合理化概念解释了马克思的商品拜物教理论，认为在现代资本主义社会中，物化是与商品拜物教联系在一起的，是现代资本主义社会中商品形式普遍化的结果。卢卡奇进而将资本主义物化产生的根源归结为资产阶级思想的"二律背反"，即理性主义形而上学的二元对立，因而卢卡奇现代性批判体现为物化和现代形而上学批判的双重维度。卢卡奇最终诉诸主客体辩证法以扬弃物化，通过无产阶级阶级意识实现人的自由和解放。最后，阐述了柯尔施通过对马克思主义实证化的抨击，批判资产阶级的实证主义及其现代性意识形态。

第二，以"现代性的工具理性批判"为核心，探讨了法兰克福学派的现代性批判。绪明的这一著作首先主要阐述了以霍克海默和阿多诺为代表的法兰克福学派早期"批判理论"的启蒙现代性批判理论。这一著作认为，霍克海默和阿多诺将卢卡奇的物化批判思想推进到了以工具理性为批判主题的启蒙精神的反思和批判。一方面，他们衔接了卢卡奇对理性主义形而上学的批判思想，把启蒙理性蜕变为工具理性统治的根源归结为现代形而上学及其二元对立，另一方面他们又对卢卡奇诉诸主客体统一的辩证法这种解决问题的途径表示不满，认为这会导致工具理性的统治。阿多诺认为，只有通过非同一性的"否定的辩证法"才能彻底瓦解形而上学同一性的强制。在此基础上，他提出只有非同一逻辑的"星丛"才是修复和拯救启蒙理性蜕变为工具理性统治的根本出路。但从总体上看，启蒙现代性批判还是坚持一种现代性的辩证批判立场，他们明确表示绝不放弃启蒙现代性的价值诉求。绪明的这一著作其次主要阐述了法兰克福学派第二代思想领袖哈贝马斯的现代性批判理论。这一著作强调，哈贝马斯继承了由霍克海默和阿多诺开创的法兰克福学派早期"批判理论"启蒙现代性的批判传统。在此基础上，他进一步认为现代性问题产生于生活世界受到系统世界工具理性的侵袭，即"生活世界的殖民化"。同时他指出，无论是霍克海默和阿多诺的工具理性批判还是卢卡奇的物化批判，他们依然是一种"意识哲学"的批判范式，因为这种"意识哲学"就其本质而言仍旧是一种主体－客体之间反思关系的"认知－工具理性"。因此，要想深刻反思现代文明、彻底批判晚期资本主义社会，真正实现社会合理化，就必须从侧重于主体与客体关系、崇尚主体性的"意识哲学"转向侧重于语言与世界关系、崇尚主体间性的"语言哲学"，从"认知－工具理性"转向"交往理性"，从传统的"批判理论"转向"交往行为理论"，哈贝马斯由此开启以"交往理性"重建现代性的理论路向。

第三，以"现代性的生态学批判"为核心，剖析了生态学马克思主义的现代性批判。绪明的这一著作主要论述了高兹、詹姆斯·奥康纳，本·阿格尔等生态学马克思主义理论家的现代性批判理论，较为系统地梳理了生态学马克思主义现代性批判的理论缘起、理论路径、当代意义及其理论限度，重点就生态学马克思主义基于对当代资本主义面临严峻的生态危机和环境问题展开对现代性的生态学诊断，通过揭示资本的反生态本性进行的生态学批判，以及主张通过生态理性与社会主义联姻建立生态社会主义，实现生态政治战略等方面，分析了生态学马克思主义现代性批判的理论特质。

当然，绪明的这一著作最有价值的篇章还是对西方马克思主义现代性批判理论的启示与限度的揭示。绪明的这一著作通过在后现代主义和马克思现代性批判之间展开批判性对话，阐述了西方马克思主义现代性批判理论所蕴含的重要启示。西方马克思主义的现代性批判理论深刻诠释了基于启蒙现代性理念的资本主义工业文明发展模式的内在限度，这对于坚持走中国式现代化道路来说无疑具有极为重要的启示意义：一方面，我们对西方现代化发展道路（工业文明模式）的边界保持清醒的理论自觉，最大限度地避免西方现代化过程中出现的"现代性后果"；另一方面，要构建符合中国实际、体现中国气派、利于中国发展的现代性理念，形成一种新的文明样态、新的发展模式，以彰显中国特色社会主义的道路自信、理论自信、制度自信和文化自信。同时在历史唯物主义理论视域中展开对西方马克思主义现代性批判理论内在限度的批判性分析。相对于马克思资本现代性批判而言，西方马克思主义在总体上都属于理性主义批判范式，现代性批判始终停留于资本主义社会的意识形态和文化层面；相对于后现代主义来说，西方马克思主义都坚持一种辩证的批判立场，它们与后现代主义以非理性主义解构理性并且最终放弃现代性的立场是根本对立的。

我认为，相较于目前学界聚焦于西方马克思主义代表人物现代性批判思想的个案式研究而言，绪明在这里的研究具有一定的前沿性和创新性，其主要体现在两个层面：一是注重整体性研究，基于对不同历史时期西方马克思主义现代性批判理论主题的梳理归纳，分析了西方马克思主义现代性批判理论的发展逻辑；二是注重批判性研究，基于对马克思主义、后现代主义和西方马克思主义之间的批判性对话，阐述了西方马克思主义现代性批判的理论范式、当代意义及内在限度。

在当今流行的各种"现代性话语"谱系中，西方马克思主义理论家聚焦资产阶级的现代性意识形态及其现代形而上学基础，展开对资本主义"现代性后果"的病理学分析，从不同的理论立场创造性地提出"修复"现代性的策略方案。西方马克思主义的现代性批判理论对我们在各种质疑、批判和拒斥现代性的境况下，如何立足中国现实，识别世界声音，构建中国特色社会主义的现代性理念，增强"四个自信"，坚定走中国式现代化道路具有重要的启示意义。绪明的这一著作所做的正是这样一件事。这是一件十分值得做的事，我希望他能够在此基础上进一步做下去。

是为序！

2021 年 9 月 4 日

最被寄予希望，同时受到批评也最多

——为陈祥勤①《马克思与普遍历史问题》一书写的序

在我所有的学生中，陈祥勤是我最寄予希望，同时也是受到批评最多的一个。寄予希望是因为在我看来他理论功底扎实，知识面广阔，批评最多是因为他总是出不了拿得出手的成果。现在，他的《马克思与普遍历史问题》一书终于出版了，这是他从事马克思主义哲学研究十余年以来的第一部著作。他的"拳头产品"终于出手了。说实话，我感到无比兴奋。我以前对他寄予厚望并没有看错人，我经常批评他给他"敲警钟"也做得对。

他是 1996 年从安徽大学哲学系考进复旦大学攻读外国哲学硕士学位的。我和我的同事特别钟爱来自安徽大学的学生。一般来说，安徽大学的学生在本科学习阶段都经过较为严格、规范的基础课程的教育与训练，有着比较出色的专业知识基础。陈祥勤也不例外，他一进校就显示他确实是

---

① 陈祥勤，1972 年 2 月生，安徽岳西人，1996 年 9 月至 1999 年 7 月于复旦大学攻读硕士学位，2005 年 9 月至 2010 年 7 月于复旦大学攻读博士学位，现为上海社会科学院中国马克思主义研究所副研究员。

个从事哲学研究的好材料。他 1999 年顺利拿到硕士学位。本来从我内心讲我是希望他继续攻读博士学位的。但他再三表示，他家庭经济状况实在太差了，家庭供他读完硕士学位已经耗尽了最后一点儿资源，他必须尽快工作取薪回报家庭。我对他的选择无奈地认可。但出乎我的意料的是，他竟然"病急乱投医"随意地找了一个工作单位就准备去上班了，在我看来，他在这一单位根本不可能再有条件继续自己的学术研究。于是我就急了，我没有征得他的同意，一方面自作主张地回绝了这一单位，另一方面赶快与上海社会科学院哲学研究所联系希望他们能接受他。这样，他就到了上海社会科学院哲学研究所工作。对自己的学生的工作如此地"奋不顾身""赤膊上阵"，陈祥勤是唯一的一位。当时他是怨恨我还是感激我，我真的不知道，也没有去想过。他在上海社会科学院工作了六年以后，即2005年，他又报考了复旦大学的在职博士研究生，他还是选择我作为他的导师。我此时已由招收外国哲学方向的博士研究生调整为招收马克思主义哲学和西方马克思主义方向的博士研究生，这样，他就读的专业也就是西方马克思主义。他一面工作一面在复旦读书，历经整整五年，即在 2010年才正式通过博士论文的答辩，拿到了博士学位。当然，此时对他来说不存在重新寻找工作单位的问题，他还是在上海社会科学院哲学研究所工作，只是头上多了一顶博士帽。从他 1999 年进入上海社会科学院工作，算起来至今已有十三年了。与其他同学不同的是，也是他应当深感荣幸的是，这十三年来他一直在专门从事哲学研究的单位工作，从来也没有离开过哲学研究这个平台。

根据我切身的体会以及对在学术研究上有所建树的学者的观察，要在我们这一领域，我指的主要是哲学研究领域特别是马克思主义哲学研究领域，真正做出点儿成绩必须具备三个条件：其一，对自己所从事的工作要有强烈的意义感，要对自己所研究的对象即马克思主义有高度的认同感，不是把自己所从事的工作仅仅视为一种职业，而应把整个研究活动当作真理的追求，把自己的生命活动融入实现马克思主义的理想之中去；其二，把自己的研究活动导向某一个方向，选准自己的研究主题，围绕着这一主题展开自己的研究，把自己所掌握的所有理论知识都凝聚到对某一问题的认识上来；其三，一旦确立自己的研究目标以后，要有刻苦的钻研精神，甘于坐"冷板凳"，牢记进行学术研究实在是一件艰难的事，牢记"在科学上没有平坦的大道，只有不畏劳苦沿着陡峭山路攀登的人，才有希望达到光辉的顶点"。①

我与陈祥勤数次交流看法，他之所以从事数十年哲学研究还不能脱颖而出，正在于在上面我所述的三个条件中，他并不全部具备，而是"三缺一"。第一个条件我认为他基本具备。他来自贫困的安徽农村，由于他有着强烈的贫民意识，从而他对本来就是属于"穷人"的"圣经"的马克思主义有着一种天然的亲和力，他对马克思主义是认可的、充满着感情的。我数次看见当有人"轻描淡写"地对马克思主义表示出不屑一顾时，他站出来与之展开激烈的争辩。一次在安徽黄山的海峡两岸学生聚会上，他"舌战群儒"的情景我始终难以忘怀。有人对我说，在这方面，在我所有的学生中，陈祥勤是最接近我的人之一。第三个条件他同样基本具备。他一心向学，我觉得他除了进行学术研究之外没有其他任何爱好，他绝对不会为了挣几个钱而还去谋求其他的什么职业。应当说，在上海社会科学院

---

① 《马克思恩格斯全集》(第23卷)，人民出版社，1972年，第26页。

工作是非常自由的，有着难以想象的自由支配的时间，十多年来，他可能想也没有想过如何利用这一得天独厚的优势去挣钱。他的爱好就是看书，而且耐得住寂寞。问题就出在第二个条件上。他始终没有明确自己究竟研究什么，看了那么多有书，掌握了那么多的理论知识，就是不知道如何在一个具体的研究方向上化为自己的研究成果。想法挺多，见识也不少，就是没有谱。平时听他发言似乎闪光点不少，而且别人不知道的知识点他似乎都能说出一个所以然来，但就是迟迟见不到属于他自己的、确实在某一方面有着独特见解的理论成果。

前一段时间，他终于向我诉说了他所确定的研究方向。这就是准备集中精力研究马克思主义的历史唯物主义。我觉得是可以的。恩格斯在马克思的墓前演说中提出，历史唯物主义是马克思一生的两个"伟大发现"之一。确实，历史唯物主义是马克思主义的核心。西方马克思主义理论家把马克思主义归结为历史唯物主义是有道理的。在不少人对马克思主义大加否定、肆意攻击的今天，只要证明历史唯物主义仍然闪耀着真理的光辉，也就是说，只要历史唯物主义站住了，整个马克思主义也就昂然挺立。但是历史唯物主义这一主题也太宽泛了，在这一主题下，究竟具体地研究什么呢？他对我说，他将具体地研究马克思的历史理论与西方古典历史思想之间的关系，也就是说，通过揭示马克思对西方古典历史思想的继承与发展，来探讨马克思是究竟如何提出历史的普遍性问题的。我同样觉得他的这一研究思路也是可行的。因为非常清楚，不深刻把握西方历史理性和历史科学的发展道路，就不可能真正理解马克思的历史科学是不可超越的伟大贡献，就不可能理解马克思的历史科学在于对历史作为人的社会性的自然史的发现。

实际上，他在向我谈论自己的研究方向时，他已经在这一领域作出了一定的研究，并已有研究成果。过不了多久，他就把这一著作的打印稿放到了我的案头上。我们可以把这一著作视为他在这一研究领域的最初成果。我既为他终于找到了自己的研究方向而庆幸，更为他在这一领域已能推出自己的研究成果而感欣喜。

一读这一著作就可以看到陈祥勤的用心，即他试图通过历史哲学问题或者历史科学的哲学问题的视角，探讨马克思的思想与西方古典思想的联系。我们知道，在思想史上最伟大的贡献就在于对人类的自然界即社会的发现，此前和此后虽然有种种关于社会或人的社会性的思想，但只有马克思的历史科学对这一问题作出了最为深刻和最为卓越的论述。因为只有深刻把握了社会对于人的本质性意义，才能将人类史把握为某种意义上的自然史，例如，马克思对于社会的自然历史过程的揭示就是对于人类史作为自然史的确证。不过马克思所把握的自然不是现代科学所呈现的机械论的自然，而是有着明显的浪漫派印记，也就是说，马克思的自然概念（主要是指他的社会概念）是一个有着合目的性（不仅有着合规律性）设定的自然概念，即浪漫派所谓的有机体概念。社会，作为人类的自然界，有着它自身的创造性（genesis）的原则、起源或本原，这就是被把握为人的本质性范畴的自由，人的类的或本质性的自由是社会史或人类的自然史的创造性的原则或起源，也是社会的自我生成的内在的合理性尺度和目的。马克思的"社会化的人类""人类社会"（区别于市民社会或资产阶级社会）和"共产主义社会"等观念作为历史的理想和真理性，所体现的就是在目的论的意义上所把握的人类的自然史。所以马克思的历史科学对于人类的自然界的发现，在某种意义上是将古典的自然概念而不是现代的自然概念引入历史，从而为历史作为哲学和科学的对象奠定了基础。

该书开始对现代历史哲学的思辨传统和批判传统展开批判性的考察，也是旨在揭示马克思的历史科学（作者为此还将马克思的思想与维柯的新科学关联起来）对于解答历史哲学问题的可能性与意义。作者指出，不论是思辨的历史哲学还是批判的历史哲学，在某种意义上都可以视为在历史领域重演康德哲学对自然在经验、科学和形而上学中的批判历程，都旨在探讨历史作为感性、知性和理性对象的可能性。然而此类历史哲学始终将历史把握为人的自我所直观的对象，或者探讨历史作为经验和科学的可能性，或者探讨历史作为形而上学的可能性，因而都不可避免地陷入分析论的矛盾和辩证论的背反之中。但是如果我们从根本上将历史把握为人的自由所创造的对象，历史不再是自我所直观的自在之物，而是自由所创造的生成之物，那么历史在人面前就不再隐藏自身的真理性和本质了。如此一来，历史作为根植于人的创造性活动的自然史即社会史，它的真理性就是人本身，历史的认识问题就是历史的自我认识问题，就是人以历史为中介来达到对人本身的自我认识问题。这恰恰是维柯－马克思的历史科学的根本立场。

该书后来对历史的本质性问题的探讨，也是旨在揭示历史之为历史的本质和根据，最终根植于人自身，人的存在的时间性，以及以此为基础的历史性，就是历史之为历史的永恒的先验元素。马克思的历史科学的主旨之一，就在于完成历史领域的自然重建，把握为社会的自然史，把握为人性或人的自由本质的生成史。但是人在本质上是有限的，因而不论是作为人性范畴的自由概念，还是作为社会范畴的自然概念，都是限定性的或否定性的，人的现实生活始终是充满冲突和纷争的历史统一体，是自然与自由的矛盾性的统一；自由，作为历史之为历史的（人类学）本质和（形而上学）理念，它所表现出来的诸如社会性的或人性的、自然的或神性的价值或理想，作为超验性的正义或法则，隐秘地支配着现实历史的命运和必然性。这样，历史的合理性问题便转换为某种更为恢宏的自然法问题，即人类史在总体上被把握为印证更为恢宏的自然法（如理性和自由，以及表现为秩序性的正义或法）的自然史问题，被把握为超验性的正义、法或理想在各个时代中的实现或实践问题，从而为现实社会的实践或政治智慧提供合理性的启迪与奠基。

对于该书的主要意图，我的这个学生在导言中是有所交代的。导言的题目起得是挺骇人的——"尚未完成的历史理性批判"？他有能力驾驭这个问题吗？但反过来一想，也没什么，不能对他要求过高或过于苛责。我读完之后，觉得他还是有些想法，也不乏些许见识。

在历史主义、相对主义和怀疑主义盛行的今天，在批判性的基础上展开对历史在理论理性和实践理性意义上的辩护，是一件很艰难的事，仿佛也不合时宜。然而历史理性问题，以及在此基础上未来对于现实的真理性或理想价值的问题，对于现代社会的左翼思想（如马克思主义）和左翼政治（如社会主义）来说，始终是具有本质重要性的核心问题。因为现代社会左翼的思想和政治实践的实质，就是谋求未来作为历史的真理性为历史的确定性和现实立法，谋求整个人类史为现实社会立法，甚至是谋求人性（humanity）或自由为社会或自然立法。马克思主义，作为现代左翼政治的经典解释，它的理论旨趣就在于探寻历史的自然律或自然法，实现人为历史的自然界立法，而左翼政治实践正是在这一理论旨趣中赢得它自身的思想定位的。

　　这或许就是该书为何以马克思的历史科学为参照，以现代历史哲学问题为引线，在批判性的基础上为历史理性问题展开辩护的深层理由吧！

　　是为序！

2012 年 2 月 13 日

三拒到复旦大学来当教授

——为车玉玲①《空间与存在》一书写的序

车玉玲是 2001 年从黑龙江大学哲学系到复旦大学哲学系来攻读博士后的。她那时虽然只是个刚满 30 岁的女孩子，但实际上在学术界已颇有名气，年纪轻轻就已评上了教授，发表的论文和出版的著作都产生了一定的影响。我和我的同事都为她能够选择复旦大学来进一步深造而感到高兴，并对她寄予厚望。尤其是我，更为自己能够成为她博士后的合作导师而欢欣无比。

她来读博士后是认真的，两年时间基本上都是在复旦大学度过的。她读博士后绝不是像一些人那样仅仅是为自己的学术经历增加点"筹码"和"光彩"。果然，她的博士后出站报告写得非常成功，答辩时所有专家交口称赞。

我和我的同事们一心想把她留在复旦大学工作。一般来说，出于各种

---

① 车玉玲,1970 年 1 月生,黑龙江人,2001 年 3 月至 2003 年 9 月于复旦大学攻读博士后,现为苏州大学特聘教授、博士生导师。

原因，在留人问题上，教师之间总会出现这样或那样的分歧，甚至争论，但在车玉玲留校问题上大家的观点出奇一致。这大概基于以下三个原因：其一，她的业务能力太强了，征服了大家；其二，她平时十分尊重各位教师，与各位教师的关系都相处得很好；其三，我们当代国外马克思主义研究中心正好缺少懂俄文，研究俄罗斯的。但是复旦大学的"庙堂"再好还是缺少对她的吸引力，她返回了黑龙江大学。

她回黑龙江大学没有几年，就私下对我说她想离开哈尔滨，到南方找个学校任教。我一看机会来了，当即"游说"院领导，把她引进复旦大学。复旦大学哲学学院的领导与相关教师再次意见完全一致，并开出了比较优越的条件，如果说她博士后出站时是属于"调动"，那么这次则提升了到了"引进"。我满以为这次小车来复旦大学可以成功了。

然而大大出乎我的意料的是，她再次拒绝了我们的邀请，枉费了我的一番功夫。她反复表示感谢复旦大学的厚爱，反复对我所付出的努力致歉。她选择了作为复旦大学"近邻"的苏州大学去"落户"。我睁大眼睛看着她，猛然发现我原以为对她十分了解，但实际上并不如此。她在学术上有追求，但又希望能够给自己留一些闲适的时间用来思考与生活，她觉得上海这座城市的生活压力和复旦大学哲学学院的学术环境，会让她把全部的精力都耗尽在生活和工作上，这样会不得不放弃她很热爱的那些生命中美好而无用的事情。她说在苏州会兼顾到学问、生活与热爱等几个方面。当时她与人说，对我这个"工作狂""学问迷"说这些"理由"，可能有点儿"对牛弹琴"。而实际上，她的所有这些看法以及所作出的选择对我还是有所触动的。我也并不是她所想象那样对她放弃复旦大学的工作机会而一直耿耿于怀。

那么小车的这一选择到底是不是正确的？实际上过不了几年就见了分晓。她是 2006 年 9 月携夫一起来到苏州大学的，2008 年，她为出生不久的女儿举办满月喜宴，我受邀与妻子赶去庆贺。那天我真正感受到了她在苏州事业上的成功和生活之美好。她去苏州大学不到一年就被聘为博士生导师，她不仅课上得好，更是在学术研究方面出类拔萃，连续在国内外高水平刊物上发表论文，她悄悄地对我说，学校给她的科研成果的奖励远超过工资收入。她不仅请我和妻子光顾了她在学校附近的家，而且自己驾车带着我们参观了她在阳澄湖边上新买的别墅。更重要的是，她的丈夫也在《苏州大学学报》那个平台上充分地展现着自己的才能。这时，我除了为她感到高兴，还能怎么样呢！我渐渐深入地理解了我的这个学生身上所具有的理性与热情交织、诗意与现实并重的性格。

小车去苏州大学一晃已有十五年了。原先她的主要领域是俄罗斯宗教哲学和当代俄罗斯哲学，可以说，她在这一领域所取得的成果十分显赫。我总以为她会在这一领域继续耕耘下去，想不到前几年她的研究方向调整了，除了仍然关注着俄罗斯哲学，她开始致力于对"空间"理论的研究，并在这一新的领域也开辟了自己的一片天地。她就"空间"理论连续发表了文章，并在此基础上形成了这一题为"空间与存在"的专著。她要我这个"外行"为她的这一专著写一个序言，我欣然接受。其主要原因倒不是出于我当过她的导师而且一直保持着亲近的关系，而是缘于我通读了她的关于"空间"理论的相关论文和这一书稿，实在被她的研究的前沿性与深刻性所折服。

小车的这一著作，主要从人自身的存在角度来探讨空间的变迁，从文明自身的发展史来探讨空间的发展史。尤其是自近现代以来，空间的变化发生了颠覆性的改变，由静默的场所，凸显出来了。大自然的空间从未如此切近地走入人类社会的生活。那为什么同一个大自然空间、这个我们一直生活着的蓝色星球，在当代人的生活与认识中发生了如此颠覆性的变化呢？小车在这一著作中认为，从原始人的直立行走到今天的宇宙飞船，人类对于空间的认知发生了巨变，空间的发展史就是文明的发展史。因此，只有追溯到人类最初的起源、语言的起源、思维的变迁、工具的变迁、资本的力量等文明的发展历程，才能认识到人类这个物种认识空间的独特视角与人类所认识的空间变迁历史。小车作这样形象的比喻：正如一个蚂蚁眼中的世界与一条鱼眼中的世界不同一样，人类所认识到的空间与其他物种不同。即便是人自身，一个原始土著眼中的空间与现代人视野中的空间也是迥然不同的，而未来人所感受与认识到的空间是何种样态，我们也同样无法感同身受。物种的独特性造就了对于空间的不同认识。然而仅仅从人类这个物种的特点来理解空间的变迁并不足够，在东方人与西方人的价值观中，对于空间的认识与审美就是不同的，在文明的不同时期，比如农业社会、工业社会、后工业社会等，乃至于正在进行中的网络社会与正在到来的大数据时代，对于空间的认识都是不同的，该如何描述不同时代的空间特征、如何剖析引起空间变革的根源，这些正是小车的这一著作所要思考与探讨的主要问题。然而对于空间的认识并不能仅仅在哲学的视域内，政治、经济、文学、世界观等都包含在内，甚至是物理学与天文学同样都会引起对于空间认识的颠覆性改变，小车的这一著作尝试着进行宏观性与预测性地描述。

严格地说，小车的这一著作不是一本严肃的学术性著作，而是具有哲思性与诗性特征的思想普及类读物，是她多年的学术思考与个人体悟的一个结合性文本。据我所知，多年的学术生涯，一个问题总是萦绕于她的心头，"理想的筑居如何可能"，无论是作为个体还是作为整体的人类来说，筑居、居住、故乡，用海德格尔的话来说"诗意地栖居"，这应该是现实中的终极的追求。去乡的终点是"还乡"，那么"乡关何处"呢？随着城镇化的飞速进展、随着自然空间不断地改造、再造、生产、出售、增殖，现代人无论在精神上还是身体上都处于"失乡"的状态，我们出发得太久，已经忘记了目标。她在许多学术会议上表述了她的这一忧思。她的这一著作，从文化的起源、城市的起源、城市的历史、城市的目标，以及其当代的"城市病"及其根源、城市空间生产的资本化等方面来考察当代的城市问题，构成了她表述与破解这些忧思的现实关切。从表面上看，她的这一著作涉及了众多的话题：空间的征服与祛魅历程、空间与文化、空间生产、城市病的根源、空间与建筑、空间与诗意、荒野中的价值、未来可能的空间等，这些话题看起来很宽泛，似乎没有内在的关联，然而却贯穿着上述的这一现实关切。我们从小车的这一著作中强烈地感受到，她在始终关切着：我们再造的人化自然，在这一不断认识与改造空间的过程中，距离我们的初衷——诗意而全面地存在着——如何能够越来越近，而不是相反。

车玉玲把自己的这一著作起名为"空间与存在"是意味深长，也是十分恰当的。按照她的看法，不论空间如何地被生产、创造、改变、发现，都存在着一个根本的中心，即人的存在。空间与存在之间，存在着根本的关联，自然界中不同的物种的存在特性决定着它所理解的空间样态，如同飞鸟与鱼一样，在一个空间中，因为类特性的区别，感受到的空间却完全不同。我们今天理解的空间样态恰恰与我们的存在样态、与我们的类特性直接相关。而我们的存在样态，却随着文明的进展而不断地改变着。"非人类中心主义"的思潮越来越多地获得现代人的期许，然而必须承认，我们所关注的一切空间形态依旧是围绕着"存在"本身而展开的。因此，空间与存在、与文明，这一古老的命题，在当代有了新的展开方式。阐述空间与存在的关系，正是本书展开探讨所围绕的核心。小车提出，关于时间与存在的关系问题，绝对不是一个简单的问题，而是凝结着人类文明一切方面的成果与后果。追问和研讨时间与存在关系，对于实现"理想的筑居"与"理想的存在"具有本原的意义。

环顾当今学术界，对"空间"的研究已成了一个热点。但在沸反盈天、热热闹闹的对"空间"的研究界，车玉玲的这一著作，即她对"空间"理论的相关研究成果，也有其无可争议的"一席之地"。这只要稍微浏览一下本书的有关章节，实际上是她已发表的相关论文，就一清二楚了：

《空间修复与城市病：当代西方马克思主义的视野》：这是作者独特地借助于西方马克思主义学者列斐伏尔、大卫·哈维、卡斯特、索贾等思想家所提出的"资本主义自身的空间修复"这一视角，分析了"城市病"产生的现实根源，并得出结论：从根本上看，对于"城市病"的批判应该是对于现代性文明形态及其未来可能新文明形态的反思。

《超越资本与空间生产的历史限度》：作者在这里深刻地揭示了当今空间生产作为资本的当代表现形态，如何与金融资本、虚拟资本，与技术、政治、军事、消费文化等勾连在一起。作者认为这预示着资本的界限已经来临，摆脱资本统治的、真正的社会主义是我们别无选择的唯一道路；

《都市空间的同质化与荒野空间的文化救赎》：作者提出，现代都市人更多地生活在"都市空间"中，看似不断变换场所，实际上却处于"同质化"的"钢筋水泥"之中，而荒野不仅意味着另一种空间，同时也意味着多样、自由与野性的生活方式。"荒野"的意义不仅是对于同质化的都市生活、对于人的单向度存在的抵抗，同时"荒野文明"意味着不同于技术文明的另一种新的文明形态，这也是一条克服现代技术文明之"病症"的可能途径。

《历史唯物主义的当代反思与建构》：作者认为，历史唯物主义"生态维度"的建构与"历史地理唯物主义"的出现，无疑是理论自身的一种建设性发展。两者虽然在理论上存在着不同的侧重，但都坚持了历史唯物主义中的生产原则、资本逻辑与社会形态理论，并且最终都指向了解放之路，而历史地理唯物主义对于现实的批判更为有力，如果这两种建构能够有机地整合起来，或许将能够更为完善地实现对于当代历史唯物主义的建构。

《诗意消失的空间批判——从列斐伏尔的"诗创实践"与"诗学革命"视角》：作者提出，在以列斐伏尔为代表的空间批判理论家那里，诗意与诗创化实践，不再仅仅被理解为文学中的风花雪月，而具有了政治色彩，成为变革现实的力量。借助于这些概念，列斐伏尔赋予了诗创化实践以本体论的地位，并以此展开了对于同质性的资本主义抽象空间的批判，提出诗创化实践是实现差异化空间的途径，差异化空间的建构是抵抗全面异化的日常生活的方式。在作者看来，这一理解拓展了对于实践观念的理解，依然沿用了政治经济学批判的方法，并把批判精神拓展到了更为广泛的范围，同时也意味着对于资本现代性的超越与新文明类型的建构。

车玉玲所阐述的所有这些观点，起码对我这样的"外行"来说，感到别出心裁，耳目一新，给予深刻的启示。

最后，我想在这里对车玉玲提出更高的要求。她的所有学术上的成果，包括对"空间"理论研究的成果，应当说是有目共睹，毫无争议的。但是从高标准来看，她的学术成果，尤其是对"空间"理论的研究成果，还是缺少系统性，其中亮点很多，但总给人零敲碎打之感。研究"学问"，一靠"灵气"，二靠"努力"。小车"灵气"有余，但"努力"不够。倘若她能够甘愿"坐冷板凳"，再下一番苦功夫，我相信，她在理论研究上定能达到一个更高更新的境界，推出更丰硕更有影响力的成果。现代西方哲学领域有一部题为"存在与时间"的名著，这是海德格尔的里程碑式的著作。小车既然把自己的这一著作定名为"存在与空间"，那就应当不断地加以充实、打磨和提升，以真正与海德格尔的名著相"匹配"。这可能不仅是我一个人的愿望，也是所有欣赏她、熟识她的人，以及所有读者的愿望。

是为序！

2020 年 8 月 18 日

甘愿放弃高薪的会计职业而当贫穷的哲学博士

——为孙云龙①《"生活"的发现与历史唯物主义的形成
——〈德意志意识形态〉研究》一书写的序

在我们复旦大学，不乏这样的学生：他们天资聪明，以高分考进复旦大学。由于当今的社会是个讲究功利的社会，他们的父母长辈深受影响，从而强使自己的子女报考那些实用性强的专业，而其子女实际上向往的是人文学科。这样，这些学生跨进复旦校门后，往往是"身在曹营心在汉"，他们想方设法到人文学科的课堂上去听课，在他们的书包里塞满了或从图书所借阅的，或自己购买的人文类书籍，并抓紧一切时间如饥如渴地阅读。

孙云龙就是这样一个学生。他本科就读的复旦大学会计专业。在我给94级哲学本科上西方马克思主义课程的时候，我发现在教室里总有一位长得又高又大的非该班级的男生在听课，其认真、专一的姿态特别引人注目。该班级有个叫薛莲的女生，向我介绍了他的情况，知道他叫孙云龙，是管理学院会计系的高才生，酷爱哲学。她的介绍使我对孙云龙自然而然

---

① 孙云龙，1976年7月生，山东青岛人，2003年至2010年于复旦大学在职攻读博士学位，现为复旦大学历史系副教授、系副主任。

地关注起来了。作为哲学专业的一位教师，面对这样一位冷漠"热门"热衷"冷门"的学生不免刮目相看。后来我知道，他除了听我的课之外，还听了其他哲学系老师的许多课程，他听所有这些课程一概不要学分，完全是出于求知。而我给硕士生和博士生讲课的教室里，也常常见到他的身影。薛莲同样是个对哲学特别钟爱并且有一定悟性的学生，她有时携孙云龙来拜访我，就一些哲学问题与我一起讨论，而他俩当着我的面就某一哲学观点展开激烈争论的情景还历历在目。

2003年春，我发现在报考我的博士研究生的名单上赫然有着孙云龙的名字，身份是复旦大学历史系的教师。我当即把他找来，与他进行了一次长谈。他告诉我，当从复旦大学会计专业本科毕业时，他就想报考哲学专业的硕士研究生，只是感到没有把握，只好先读会计专业的硕士研究生。在读会计专业的硕士研究生期间，他的心思一直在哲学上，从未放弃过对哲学的研读。后来拿到了会计专业的硕士学位，由于社会上对会计专业人才的需求量实在太大了，所以找一个高薪的工作岗位易如反掌，而实际上与他同时毕业的同学都找到了理想的工作。这对他是一个严峻的考验。究竟下一步如何走？哲学之门还跨不进，出去当个会计师并不是自己所愿。在万般无奈之下，他走了一条"迂回"的道路。他得知复旦大学历史系新办旅游专业，需要有人上会计课程，于是，他经人帮助作为上会计课的教师留在复旦大学历史系工作。留校当教师后，他一面兢兢业业工作，一面准备报考哲学专业的博士研究生。他在留校工作的第二年，就毅然向研究生院提出要读哲学学科的博士研究生。我了解了他这番经历以后，真为他对哲学的执着所动容。同时告诉他，作为正宗的会计学科的本科生和硕士生，作为历史系的一个在编教师，既不读会计学科的博士学位，又不读历史学科的博士学位，偏偏选读哲学学科的博士学位，这意味着什么，自己必须想清楚。他明确地告诉我，这是他多年的愿望，自己义无反顾。

由于他哲学专业基础知识扎实，所以他非常顺利地以高分考上了哲学学科的在职博士研究生，具体专业是马克思主义哲学。在读博士期间，我一是发现他十分忙，既要在历史系上课，又要攻读博士学位，确实是够辛苦的；二是发现他专业水平超群，尽管没有正规地读哲学专业的本科和硕士，但是他有关哲学方面的知识面很宽，对有些理论钻研也比较深入。有一次，他与我的另一位博士研究生许有攸一起组织了研究生的学术研讨，他们俩人用对话的形式就相关前沿学术问题进行了深入的交流，引起了所有与会者的震动。吴晓明教授和王德峰教授先后跟我说，一位孙云龙，一位许有攸是难得一见的有培养前途的博士研究生。

孙云龙是马克思主义哲学专业的博士研究生，他在研究马克思主义哲学的过程中，深切地感受到马克思主义哲学与德国古典哲学的内在联系，不深刻把握德国古典哲学，就不可能对马克思主义哲学有鞭辟入里的理解。他所作出的一个重大决定使我更加看好他。这就是决定学习德语，德语过关后到德国去留学，利用德国的环境和条件研究马克思主义哲学与德国古典哲学的关系。我虽然对他的这一决定表示认可并赞赏，但当时对他是否能成功是存疑的。后来证明，我当时尽管对他远大的学术志向和追求学术的热情有充分的认识，但对他追求学术所必需的坚韧的精神和意志是缺乏估计的。

为了学习德语，他到同济大学报名参加了一个德语进修班。这样，他在不影响在复旦大学作为一个教师必须完成相应工作量，以及作为一个博士研究生必须修满相应的学分的前提下，一周数次到同济大学去学德语。

经过两年的拼搏，他的德语经过严格考试竟然过关了。这时，他得知德国的学术交流中心 DAAD 每年资助几位中国学者到德国去深造，但必须经过严格的考核，而且哲学类的名额每年至多只有一名。他觉得这是个机会，在我的支持与鼓励下，他去竞选了，而且被选中了。2006 年 8 月，他赴德国，正式开始了他历时两年的在柏林洪堡大学哲学学院的留学进修生涯。在去德国前夕，他含着热泪给我讲了刚刚遇到的一件伤心事。他在路上见到了一位他在本科和硕士学习阶段非常敬重的一个老师，他告诉那位老师马上要去德国留学，那位老师非常高兴并表示祝贺，但当那位老师知道他去进修的是哲学时，马上表现出不屑一顾的样子，竟然只是哼了一声，不打一声招呼就离开了。孙云龙给我讲了这件事以后，我们师生俩人长时间地对视着、沉默着，都为在高等学府里居然还出现对哲学如此浅薄的蔑视深感悲哀。

他到了德国以后，我也一直关注着他。他在那里，如鱼得水，痴迷于德国古典哲学，特别是对康德和黑格尔情有独钟。从德国回来的一些教师和学生，也不时地告诉我说，孙云龙在那里学习非常刻苦。应当说，在德国的两年，就他的学业来说，是一个大的飞跃。尽管没有实现原先我对他的要求，即在德国期间写出博士论文的初稿，但实际上他确实在那里取得了很大的收获。

2008 年秋天，他从德国返回。我要他马上着手进行博士论文的写作。那么写什么呢？他是马克思主义哲学专业的博士研究生，当然得写与马克思主义哲学有关的。我要他详细地向我诉说一下在德国的学习心得。他说由于对德国古典哲学，特别是对康德和黑格尔哲学有了较深入的把握，从而对马克思主义哲学，尤其是对马克思和恩格斯的一些早期著作似乎也有了新的认识。最后我们确定就写对马克思和恩格斯的《德意志意识形态》一书的研究。我希望他用他对德国古典哲学深刻理解的功底，写出对《德意志意识形态》理解的新境界，进而写出对整个马克思主义哲学理解的新境界。又经过差不多两年的努力，一直到 2009 年底，他的论文才终于成文。在 2010 年 2 月，他的论文经答辩获得通过，参加答辩的老师对他的论文给予很高的评价。我记得上海财经大学的鲁品越教授甚至这样说，他参与评审了许多全国优秀博士论文，孙云龙的论文一点儿也不比这些论文逊色。最后他的论文被评为优秀。这样，他从 2003 年就读哲学博士一直到 2010 年博士论文获得通过并拿到博士学位整整花了七年时间。

我认为，孙云龙的这篇博士论文总的来说是成功的，具有一定的学术价值，复旦大学出版社把其作为一部学术著作推出来，是十分有远见的。我相信，这一著作出版后，一定能在学术界，特别是在马克思主义哲学学术界产生反响。

孙云龙的论文名义上是对《德意志意识形态》整部著作的研究，实际上只是探讨了该著作的第一章"费尔巴哈"。论文以《德意志意识形态》第一章"费尔巴哈"德语原文和中译本为研究对象，以生活概念为切入点，结合文本研究和思想阐发两种范式，对手稿进行了深入细致的考察。论文分作上下两篇，上篇的主题是以生活概念为中心对"费尔巴哈"章作文本的研究，下篇的主题是以生活概念为中心对"费尔巴哈"章作思想的研究。

在上篇中，论文简要梳理了该文献的形成史和版本流转问题，特别是分析了围绕着手稿的文本结构所展开的各种争议。在此基础上，论文着重考察了该章中的生活概念，从语义和语用的双重视角对这一概念进行分析，并将其认定为"费尔巴哈"章的核心关键词。论文在这里通过对生活概念的考察，论证了一种新的解读"费尔巴哈"章思想发展脉络的可能性，并提出了以生活概念为逻辑核心和写作线索，重建重构"费尔巴哈"章文本结构的建议。

在下篇中，论文首先回顾了几种重要的《德意志意识形态》研究范式，包括断裂说、本体论研究和文本逻辑研究等，论文认为上述几种学说为本文的生活概念思想研究提供了重要的理论背景。接着，论文从分析关键词入手，通过比较生活概念与需要、物质生产、生产力、交往关系、意识、意识形态、共产主义等术语之间的逻辑关系，力图确立生活概念在历史唯物主义形成初期中的核心地位。再接着，论文以马克思早期哲学手稿为研究对象，梳理出生活概念在其中的发展脉络，指明它在不同思想发展阶段中的表达方式，论证了生活概念的提出和创立是历史唯物主义走向成熟的必然结果。再接下来，论文回溯了辩证法的发展脉络，从哲学史视域中重新评价马克思生活概念的理论意义和价值，认为它构成了辩证法从观念论转向唯物主义的关键枢纽。最后，论文又指出，关于生活概念的研究对于当代马克思主义哲学研究具有重要的理论意义，忽视了历史唯物主义对现实生活的关切，可能将陷入种种理论误区。而对该术语的重视和阐发，则有助于我们从整体上把握历史唯物主义的形成和发展历程，恢复逻辑叙事与现实生活过程之间的密切关系，从本原意义上突出马克思主义哲学对于现实生活的关怀和指导意义。

我认为，孙云龙这篇论文的主要创新之处就在于揭示了生活概念的重要意义。论文提出生活概念不仅将马克思哲学的发展历程贯穿为连续的统一体，还为历史唯物主义奠定了存在论基础；生活概念不仅为我们今天研究马克思主义原著提供了一种新的阅读方式，还为研究现当代生活提供了一种剖析的视角。在我看来，孙云龙的论文这样来确立生活概念在马克思哲学思想中地位和作用，为我们重新领会马克思主义哲学的真精神指出了新的方向，为我们重新认识和弘扬马克思主义哲学的当代价值打开了新的思路。他的这一研究成果可能会引起争议，也确实有待于进一步经受检验，但鉴于这一研究成果确实是在深入研究的基础上形成的，我郑重恳请学术界，特别是马克思主义哲学学术界对这一成果给予高度重视。

我还要说一下，孙云龙的这篇论文着力于从思想史角度剖析马克思主义哲学关键词的发展这一点，也值得肯定。我们看到，论文致力于从西方哲学史中理解马克思主义哲学，又从马克思主义哲学发展史中理解《德意志意识形态》的思想，再从历史唯物主义形成史中理解生活概念。论文既把马克思主义哲学安置在德国古典哲学的终结处，以便从青年黑格尔派论战中恢复唯物史观诞生语境，同时又把《德意志意识形态》视作现代哲学的先声，让其与多种现当代哲学形成了对话，还把生活概念视作马克思个人思想发展进程中的逻辑枢纽加以把握。我认为，这样做确实能够有助于我们揭开马克思青年思想到历史唯物主义之间的发展之谜。

我为另一个博士生金瑶梅在其《阿尔都塞及其学派研究》一书所写的"序言"中的第一句话是：作为一个老师，最欣慰的莫过于看到自己的学生的进步与成长了。现在，我看到孙云龙的论文正式出版，同样感到无比的高兴。从我结识孙云龙至今已有十六七年了，而与他正式建立师生关系也已有八年了。这些年，我目睹他在学业上不断长进，也见证了他在生活上日趋成熟。想想在十多年前，他是那么不修边幅、玩世不恭、漫不经心、毛手毛脚，而他自从复旦大学外文系的青年教师陆谷逊教授的高足丁毅结婚以后，特别是在他们有了自己可爱的女儿以后，他竟然成了一个标准的好丈夫、好父亲。我到他们家去，看到他一本正经地给自己的女儿换尿布。听小丁老师说，他现在是家务活抢着干，我简直不相信站在我面前的还是那个孙云龙。世界在不断发展，人也在日益长进。我借他的这一著作出版之际，祝愿孙云龙，祝愿他们全家乘着我们时代的东风，蒸蒸日上，家成业就，超群出众！这也是我对我所有的学生及其家庭的祝愿！

是为序！

2011 年 7 月 26 日

从中国哲学的博士向高校思政课
教师的"转身"

——为韩建夫①《哈贝马斯"后民族结构"理论研究》
一书写的序

2014年春天,我赴北方民族大学参加学术会议。会议期间,时任该校马克思主义学院党委书记的张琳教授和科研处处长的王永和教授,特地向我推引荐了入职他们学校不久的青年教师韩建夫,要我好好与他谈谈,说他做学问的基础很好,又抱有远大的志向,只是苦于找不到方向。

站在我面前的建夫30岁出头,身材魁梧,一表人才。原来他是华东师范大学中国哲学方向的博士研究生,导师是顾红亮教授,博士论文研究的是李贽的哲学,2013年获得博士学位后从上海回到家乡宁夏。后来我从参加他博士论文答辩的华东师范大学和上海社会科学院的几位教授那里了解到,他的博士论文写得非常出色,受到与会专家的好评。获得博士学位后,他有两种选择,或者在上海寻找工作,或者回到家乡宁夏。各种因素综合在一起,最后他选择返回家乡。就这样,他在北方民族大学的马克思

---

① 韩建夫,1977年3月生,宁夏人,2014年9月至2017年7月于复旦大学攻读博士后,现为广西师范大学副教授。

主义学院当起了思政课教师。一个来自名校的中国哲学博士，去上思政课，半年多下来他深感不适应。用他的话来说，原先的专业丢不掉，对新的业务既缺乏素养又没有多少兴趣。我们相见的时候，他正处于焦虑与迷茫之中。

我知道，他当时最重要的是要顺利实现"转身"，即从一个中国哲学的博士转变为高校思政课教师。我首先向他坦言当今高校思政课教师有着广阔的发展前景，既然已处在这一岗位上就应当安下心来；其次与他分析了他作为思政课教师在知识、能力等层面的优势与不足。我一方面向他指出，通晓中国哲学，对当好思政课教师是一种特定的优势，他完全可以充分利用好这一优势；另一方面又直率地指出，他当思政课教师严格地说是不够格的，因为他缺少马克思主义理论素养和相应的知识储备。我建议他从速补好马克思主义理论的功课，而办法之一是攻读马克思主义理论方向的博士后。

经过两次长谈，建夫听从了我的建议，决定尝试申请到我所在的复旦大学攻读博士后，而选择的博士后合作导师也是本人。基于其良好的教育背景、学术潜力，建夫顺利通过了复旦大学博士后进站考核。2014年9月，即离开上海一年后，建夫又风尘仆仆地从大西北回到了上海。我与他详细地制订了他在读博士后的学习与研究计划。鉴于他任职的学校是民族院校，宁夏又是回族自治区，我们一致认为他今后的研究重点应当放在民族与宗教问题上，其博士后学习与研究也应与这一研究重点相一致。这样，我们就商定选择哈贝马斯的民族与宗教理论作为他博士后出站报告的主题。在复旦大学的几年，我目睹他一面围绕着哈贝马斯的民族与宗教理论广泛收集外文资料，深入研究；一面又"恶补"马克思主义理论，读了不少马克思主义的经典著作。后来他的出站报告《民族国家向何处去——哈贝马斯"后民族结构"研究》，也顺利通过。

建夫重回北方民族大学马克思主义学院的工作岗位后，我一直与他保持联系，我要观察他，经过马克思主义理论方向的博士后阶段的学习与研究以后，他当思政课教师安心了没有？从一个中国哲学的博士转为大学思政课教师这一转向成功了没有？他在那里教学与研究有没有新的起色？从来自各方面的信息告诉我：他已安下心来当好思政课教师，基本上完成了从中国哲学博士变为大学思政课教师的"转身"，特别是他在教学和研究上都取得了引人注目的成绩。短短几年，他被授予"宁夏回族自治区高校思想政治理论课教学能手"，连续三年被评为"学生最喜欢的教师"，还获得了宁夏第十四届哲学社会科学优秀成果著作三等奖。

期间，我还利用参加学术会议的机会两次去宁夏与他会面。当他携夫人怀抱自己的儿子来见我的时候，我一方面为他事业初步有成、家庭幸福深感高兴，另一方面不知怎么却暗暗地对他有些担忧与不满。我看了他写的一些文章，深深地被他的才华所吸引。他实际上中国哲学的功底十分扎实。他干得不错，但遗憾的是他有意无意地把自己在中国文化、中国哲学方面的"看家本领"丢弃了，起码没有用好，这实在太可惜了。于是，我与他一起分析了目前中国学术界的现状，告诉他当今中国最重要的是要把马克思主义与中国传统文化结合在一起，而实际上当今中国这方面"雷声大，雨点小"，真正能把两者有机结合在一起的学术成果甚少。我对他说，你有这方面的优势和条件，完全可以在这方面有所作为。他沉静了一会，最后点点头。他后来告诉我，自己不是不想做这件事，但是所处环境实在缺少这样的学术氛围，深感没有一个理想的"平台"，单枪匹马是很难进行这种研究的。

我意识到，"树挪死，人挪活"，建夫还是应当去寻找一个更好的平台去展现和发展自己。我尽力为他寻找这样的"平台"，可惜两次很好的机会都错失了。一次是在兰州，西北师范大学的陈克恭书记约我协助他成立"马克思主义与中国传统文化融合研究院"，我推举的第一人选就是建夫，并且面试已通过，马上要上任当那个研究院的秘书长，但真是"天有不测风云"，一纸调令下来，陈书记要到省里去当甘肃省人大常务副主任，他一调离，此事也作罢；还有一次是上海的一个大学的马克思主义学院决定开辟马克思主义与中国传统文化比较研究方向，招募人才，我知道了就竭力推荐建夫，哪知道中途又发生了变化。

后来，建夫自己联系了一个大学，即广西师范大学，于 2019 年 7 月，再次背井离乡，千里迢迢来到了山清水秀的广西桂林。我知道，广西师范大学比起原先的那个学校，从研究学问方面来说，特别是就从事马克思主义与中国传统文化的比较研究而言，条件好得多。他来到广西师范大学以后，研究成果果然丰富。近年来，他主持国家社会基金一项，主持完成省部级科研项目两项，发表论文七篇，出版学术专著一部。但平心而论，我对他还是并不十分满意，离我对他的期望还有很长一段距离。关键在于，我对他寄予的厚望在于马克思主义与中国传统文化相结合方面的研究，他并没有取得突破性的进展，当然也没有真正有影响力的成果推出。但我相信，他一定会继续努力，一定不会辜负我对他的期盼。

最近，他准备将在博士后出站报告基础上修改而成的《哈贝马斯"后民族结构"理论研究》一书出版，邀我为此书写一序，我爽快地答应了。我是他博士后的合作导师，理应说上几句。

我首先要说的是，当下国内研究哈贝马斯的专家学者不少，他们已经推出的研究成果汗牛充栋。建夫的这一著作，与所有这些著作比较起来，肯定显得稚嫩，但绝不是不值得一看。这是一个中国哲学的年轻博士写的，他有独特的知识背景，从而研究哈贝马斯也有独特的视角。我相信，只要认真地读一下建夫的这一著作，也一定会有独树一帜的感觉。

建夫的这一著作把研究哈贝马斯的后民族结构的意义鲜明地在呈现在人们面前。他提出，21世纪以降，"民族国家"问题研究愈来愈受关注，此或与全球经济社会发展的态势有着密切关联。然而在何种维度和意义上研究"民族国家"这一问题似乎显得更为重要。以欧洲为例，民族国家究竟面临怎样的问题与困境？有无解决途径？哈贝马斯的"后民族结构"理论无疑为此提供了具有建构性、意义性的思考。尽管这一理论问世后即遭到批评与质疑，甚至被冠之以"乌托邦"，但并未埋没哈贝马斯关于欧洲民族国家历史审思、现实关切、未来洞察的学术价值。作为见著于批判性及现代性理论大家，哈贝马斯对每一个关键问题的思考都无不透射出思者的敏锐和严谨。常年来对于欧洲社会、世界问题的密切关注，使他思考、创作的方式截然不同于那些书斋、学院里的学者。在哈贝马斯那里，"后民族结构"理论不同于一般的学术问题和政治问题，它是哈贝马斯对欧洲民族国家未来路向所作的最新审思、省察。

建夫认为，哈贝马斯敏锐地觉察到，欧洲国家的共同体发展传达了欧洲建成联盟的政治愿景，迄今为止的民族国家依然具有强大的建构性力量。历史地看，欧洲国家所形成的共同价值理念如"辩证启蒙"意识，相信正义，追求多边的、合法管制的国际秩序等是"欧洲认同"赖以生成的"后民族性基础"。然而"在通往欧洲联盟的艰难道路上民族国家之所以成为一个问题，与其说是因为不可放弃的主权要求，不如说是迄今为止民主过程只在它们的边界之内局部地发生作用。一句话，政治公共领域迄今为止仍然是分裂的，是以民族国家为单位的"。哈贝马斯首次明确地提出全球化和文化多元背景下，究竟该如何对待民族国家。哈贝马斯不赞成"消灭"民族国家，而是在倾向于"扬弃"的同时又有所保留，即他认为民族国家的"规范性"并不能被扬弃，这种规范性涉及民族国家历史、文化、制度、观念的生成结构和机制。不过，鉴于对欧洲民族国家民主政治演变的考察，哈贝马斯清楚地意识到，尽管新的世界秩序有可能在后民族格局中得以建立，然而在其背后却潜藏着一个令人担忧的问题："民主意见和民主意志的形成过程在民族国家之外到底还会不会具有约束力"。从欧洲共同体的"超国家"性质及其特征来看，"民主"范式当然不可或缺，但是以此怎样形成稳固而持久的共同价值理念，依然还有很长路要走。

建夫揭示出哈贝马斯"后民族结构"理论具有如下鲜明特点：一是自始至终都贯穿了鲜明的历史意识；二是"后民族结构"的关键概念诠释、重要观点的析出，大多都是建立在对不同流派批评的回应之上；三是"后民族结构"理论在哈贝马斯那里始终蕴含一种"自我批判"的维度；四是"后民族结构"始终是一个处于无限"沟通"与"可能"的理论。

建夫提出，对哈贝马斯"后民族结构"理论的审思，应当注意如下层面：

一是"后民族结构"理论作为批判与建构并重的理论沉思，主要触及的是欧洲民族国家政治、文化的具体问题研究，而非在整个世界发展范围内考察民族国家问题；"后民族结构"的理论预设，忽略了不发达国家可能面临的巨大风险；"超越民族国家"或"民族国家消亡"观点的提出，至少在目前还无法改变现有的国际经济、政治秩序。

二是"后世俗社会"的构建，实际包含了对文艺复兴以来"启蒙理性"有所反思。"启蒙理性"强调诸多价值观念的神圣关联，通过理性原则构建合理、高效、正义的社会、文化等。而"后世俗社会"在一定意义上，对"启蒙理性"有否定性的看法，如"启蒙理性"的基本功能何以保证？道德教化的承担者如何履行其义务？历史地看，两次世界大战中的自由主义、纳粹主义，当前欧洲的脱欧运动等，其产生源头，与"启蒙理性"有无一定关系？由此，重新理解、审视"启蒙理性"，以及哈贝马斯对待"启蒙理性"的态度，可能就显得尤为重要。

三是"后民族结构"从理论逻辑及推演来看，似乎没有问题。但是欧洲乃至整个世界的现实境遇状况并非哈贝马斯想象的那么乐观，这就出现了其理论框架与现实之间的冲突。建立在"理性"基础之上的社会批判理论，包括沟通理性等，究竟能走多远？从哈贝马斯的思想演变轨迹来看，其晚期似乎放弃了黑格尔、马克思的传统，即如何在现实层面解决当今欧洲世界的根本性问题？就"世界公民社会"构想而言，尽管有其逻辑的自洽，但现实的情境究竟如何？举例来说，面对欧洲难民危机问题，如何分配难民数量？欧洲国家是不是必须全权承担？其他洲际的国家不需要承担吗？这里有没有一种"强权意志"的干涉发生于其中？欧洲有无担心，无条件地、过度地接纳难民，会不会毁掉欧洲？这些问题，仅仅依靠"理性"的方式，恐难以真正得到合理的解决。黑格尔法哲学、马克思的现实性批判理论可能更应当受到关注，才有助于解答这些问题。

四是与马克思重视阶级斗争的作用不同，哈贝马斯强调以商谈伦理的构建来消除斗争。然而从欧洲发达国家来看，主流的知识分子、中产阶级掌握了主流媒体，这就造成不同阶层利益冲突发生时，很难达成真正有效的共识，甚至民族矛盾、利益冲突等会对商谈伦理的有效性产生致命性的打击。而且从欧洲国家社会化生产角度而言，生产力的高度发展引起了生产关系的转化，科学技术的翻转如信息技术促使社会结构发生悄然变化，这些问题，哈贝马斯似乎并没有加以慎思。

上述所有这些观点和结论都是建夫经过深入研究得出来的，它们都给人以深刻的启示。从目前来看，学术界对哈贝马斯的"民族国家"理论研究大体尚止于内容、观点层面的梳理和分述，而对"后民族结构"的历史情境、现实遭遇、可能性路向及其生成逻辑等，则缺少深层揭示和分析，故而略显平面化。哈贝马斯"后民族结构"理论从提出到拓展再到完善，呈现于其一生学术思想的演变过程中，其中包含了他对欧洲民族国家、欧洲共同体命运的独有见解和情怀。因此，如何将"后民族结构"置于历史、现实、可能之维讨论，挖掘其内在的生成机理，展开历史与逻辑的分析，并对"后民族结构"理论的价值、边界重新加以省思等，无疑成为研究哈贝马斯民族国家理论所要解决的基本问题。无疑，建夫的这一著作在这方面作出了努力，并取得了可贵的成绩。

我郑重地向读者推荐建夫的这一著作。

是为序！

2019 年 8 月 31 日

痴迷于康德的"戏剧理论家"

——为倪胜①《〈判断力批判〉体系探微》一书写的序

眼前这部题为"《判断力批判》体系探微"的著作，原是倪胜的博士论文。他 2001 年入复旦大学哲学系攻读外国哲学的博士学位，2004 年完成他的博士论文的写作，并经答辩获得博士学位。从开始酝酿写作到今正式出版，中间整整跨越了十个年头。读着倪胜这一著作，想着倪胜这个人，我不禁感慨万分。

我最大的感慨就是，只要是金子总会闪光的。倪胜当时选择以康德的美学思想作为自己的博士论文的主题，并不被包括复旦外国哲学学科点的一些教师在内的众人所看好。一是康德的美学思想实在难以把握，首先必须通晓康德的《判断力批判》，其次更要把康德的《判断力批判》与康德的其他两大批判联系在一起理解；二是现在国内研究康德美学思想的成果实在比比皆是，特别是国内研究西方美学的往往都把注意力集中于探讨康德

---

① 倪胜，1970 年 1 月生，湖北武汉人，2001 年 9 月至 7 月于复旦大学攻读博士学位，现为上海戏剧学院副教授。

的美学，在这种情况下，要想在他人研究的基础上取得新的突破，谈何容易；三是应当说倪胜本人原有的基础也并不算出类拔萃，在人才济济的复旦大学外国哲学博士研究生中，他并不十分起眼。在被众人不太看好的情况下，他还坚持选择研究康德的美学思想，确实使我为他捏了一把汗。在这三年时间里，倪胜是十分用功的，三个春节，他与同门师兄周凡、王平都没有回家过年，坚持在校苦读。可是，当临近预答辩之际，他的论文却迟迟没有完成，一直到最后一刻他才好不容易把论文发到了我的电子邮箱。答辩时，有几位专家学者一方面认为他的论文的难度系数确实很高，另一方面也提出他的论文略显单薄和粗糙。但也有个别专家学者，对他的论文作出了高度评价，强调这篇论文处处充满着创见。

当时，就我本人而言，我非常赞同个别专家学者的评价，只是因为我是倪胜的导师，碍于自己的身份不便在答辩场合明说，更不便展开争辩。但当时我就安慰倪胜说，你的论文的观点现在不被大家认可，等待机会总有一天大家会认识到你的一些观点难能可贵。现在，我反复阅读倪胜的论文，觉得经过岁月的磨砺，其闪光点越发清楚地呈现于前。

众所周知，康德哲学著作呈现出明显的体系特征，但是由于康德表述的晦涩和繁复，这个体系被掩盖在浓重的琐碎的细节烟雾之中，这一著作通过从《判断力批判》入手，联络康德的许多重要著作，尤其是三大批判，全书利用英德甚至拉丁等各种语言，对康德原文进行仔细分析和研究，围绕康德体系相关的几个大问题展开了较为充分的讨论，力图把错综复杂的康德哲学和美学体系阐述清楚。

倪胜的这一著作对康德哲学和美学的体系的阐发研究主要表现在两个方面：一则对康德成熟期哲学体系进行结构分析，重点放在著名的"体系鸿沟"上面;二则对《判断力批判》自身的小体系也进行结构分析,一方面是目的论与美学的关系构成,另一方面是康德美学的小体系框架。

在考察康德体系的过程中,倪胜也深入探讨了"ästhetisch"一词的翻译问题。他根据康德对自己体系的阐明指出,国内把这个词翻译成"审美的"是错误的。此外,倪胜也指出了国内一些论文从康德原义上误解了目的与美的关系,他力图在这一著作中发掘和展现《判断力批判》自身的小体系,并依照康德自己的阐述,明确清晰地陈述目的论和美论之间的关系。至于他这样做,有没有达到如他所说的"纠偏"之目的,尚待学术界评说。

倪胜曾经在 2000 年发表的一篇文章里,第一次在国内提出,真正表明康德早期美学思想的文献是《逻辑学讲义》,而当时,国内美学学者基本上还未曾注意到这本书(曹俊峰老师的《康德美学引论》只介绍过《逻辑学反思录》里的美学思想)。倪胜在这一著作中仔细研究了《逻辑学讲义》所蕴含的美学思想,认为它与《判断力批判》里的美学思想相差比较远,而更接近于鲍姆加登的 Aesthetica,它的思想与这两本书相比较属于中间过渡状态。这在目前国内对康德思想,尤其是对康德美学思想的研究中,显然是一个富有创意的发现。

现代科学和哲学的发展,对康德的先天问题和目的论问题均有所挑战:一方面,增加了我们考察和研究康德哲学的困难,增加了问题的难度;另一方面,也反面证明了康德提出的哲学问题的重要。倪胜的这一著作在论述考察康德哲学体系的同时也分析和讨论了这些挑战。经过仔细探索,他提出,现代科学对康德先天综合判断的批评是成立的,康德在这一点上的确受到了那个时代科学发展水平的围限,但分析哲学如克里普克对先天问题的"纠正"，其实是对康德思想的误解。应当说，倪胜的这一观点对整个康德哲学研究来说，是具有颠覆性和突破性意义的。

最后我须说明，我说"只要是金子总会闪光的"，不仅仅是就倪胜的这一著作而言的，还说的是倪胜这个人。倪胜拿到博士学位以后，一直没有找到自己合适的工作岗位，忧郁不得志。他的专长是美学、文化理论，仅仅是为了生存的需要，让自己从事一个根本不感兴趣的职业，肯定是痛苦的。好在倪胜即使在痛苦之中也不放弃自己对美学、文艺理论的钻研。上海戏剧学院终于慧眼识能人，想方设法把他"挖"了过去。一到那里，他简直是如鱼得水，马上施展出自己的才华，在几年时间里，他取得了引人注目的成绩。我从内心庆贺他找到了自己"钟情"的人生舞台，找到了自己人生的位置，更希望他万分珍惜这个来之不易的机会！千万不辜负那些给予他机会、对他寄予厚望的领导和同事！他在本书的"后记"中告诉我们，他最近在潜心写作《艺术学基本理论》一书，并说这将是一部比《〈判断力批判〉体系探微》更令人满意的著作，我们企盼着！

是为序！

2012 年 1 月 22 日

辞去在美国高校的高薪教职到国内 来当思政课教师

——为彭召昌①《当代中国马克思主义世界政治经济学研究》 一书写的序

一个名牌大学的学生本科毕业后去了美国，在那里获得了博士学位，接着又在那里任教，有着稳定的收入，成了家买了别墅，却偏偏辞去了在美国的工作，让年轻的妻子独自留在那里，一个人回到国内，重新创业，这样的人很少见。

按照他的学术背景在国内的高校谋取一个职位是不难的，实际上许多院系都想引进他，可他又偏偏要到马克思主义学院去当思政课教师，这样的人少之又少。

但少之又少不等于没有，我的学生彭召昌便是。复旦大学马克思主义学院于 2020 年从美国罗林斯学院经济学系引进了他，他成了社会主义大学的一名思政课教师。

召昌严格地说，并不能算是我"正宗"的学生，因为他没有当过我的

---

① 彭召昌，1976 年 8 月生，湖北荆门人，1993 年 8 月至 1997 年 7 月于复旦大学读本科，现为复旦大学特聘青年研究员。

研究生。但实际上，他一直奉我为亲密的老师，我也一直视他为得意的门生。

三十年前，即 1992 至 1993 年，我给复旦大学哲学系的本科生开设"西方马克思主义概论"的课程，这个课程要开设整整一个学年。教室内经常有外系的学生来旁听，其中有一位就是召昌，他那时正在复旦大学国际政治专业读本科。我注意到他听课特别认真，而且一个学年基本上没有缺席过。我清楚地记得，当我讲到哈贝马斯的合法性理论时，他实在按捺不住，主动站起来发表了几分钟的感言，赢得了满课堂的掌声。他后来在许多场合说道，正是复旦大学哲学系陈老师的一个学年的"西方马克思主义概论"的课程，使他对马克思主义产生了深厚的兴趣，也初步确立了对马克思主义的信仰。

他从复旦大学国际政治专业本科毕业以后，被推荐进入复旦大学国政系国际关系专业硕博连读。但他没有等到获取学位就去美国了。先是在美国康奈尔大学政府系学习，后又入美国麻省大学经济学系攻读，并在那里获得了哲学博士（经济学专业）学位。实际上，在这期间他真正用心学习的是与马克思主义相关的课程。著名国际关系学者彼得·卡赞斯坦（Peter Katzenstein）和著名马克思主义政治经济学者大卫·科兹（David Kotz）先后成为他的导师，他们的课程他尽心听，他也得到了他们的赏识和悉心指点。

获取博士学位前后，他先后在美国康奈尔大学政府系、美国麻省大学经济学系、美国华伦·威尔逊学院历史与政治学系、美国罗林斯学院经济学系工作过，并在美国罗林斯学院经济学系通过终身教职副教授三级学术评审。在所有这些学校，他基本上不是给学生辅导与马克思主义相关的课程，就是讲授马克思主义的课程。在教学中，他十分注意从马克思主义理论的高度跨学科地对大纲、课件以及课堂讨论进行安排和引导。在科研方面，他打造了以"跨学科、跨学派整合马克思主义三个组成部分"和"理论结合实践"为鲜明特色的"马克思主义理论与实践"研究领域，主张"国外马克思主义研究"同"马克思主义中国化""21世纪马克思主义"相结合的创新型方向。他所做的所有这些工作使他在美国马克思主义和左翼学术界产生了一定的影响。在美国许多马克思主义和左翼学术会议上都有他的声音，一些马克思主义和左翼刊物都聘他当编委和同行评审员。

在美国二十年的求学和工作经历使他进一步走近了马克思，他强烈地意识到，在当今世界马克思主义研究的中心无疑是中国，而且当今中国把马克思主义付诸中国特色的社会主义实践已取得了巨大的成功。他决定在资本主义世界研究了二十年马克思主义以后，回到祖国去进一步从事马克思主义研究。他认为，既然已把追求马克思主义作为自己毕生的使命，那这是唯一正确的选择。这样，他就义无反顾地来到了复旦大学马克思主义学院。我当时正被委派至复旦大学马克思主义学院组建当代国外马克思主义学科。想不到三十年后，我们在复旦大学马克思主义学院重聚了，不过此时他不仅是我的学生，更是我的同事。

他来到复旦大学区区不过两年，但无论在教学上还是在研究上都取得了突出的成绩。他不但精神饱满，而且能力非凡，受到了领导、同事、学生的广泛好评。而他所做的所有这些工作，是在克服难以想象的困难的情况下开展的。他一个人住在十多平方米的朝北房子里，这与他在美国宽敞的别墅有天壤之别，但他从来没有抱怨过。主要是他的妻子还留在美国，他去美国探亲，返回后因为疫情还要被隔离数周，他也从来也没有叫声苦。他的妻子最近发微信告诉我她怀孕了，与此同时，又要我放心，决不影响召昌在国内的工作，从养胎到坐月子，完全由她一个人承担，召昌可以不必专程回美国。她还说，他们夫妇俩已作出决定，孩子生下以后，请我来起小名。我听了真的感动极了。我觉得，召昌和他的妻子之所以能够做到这一些，完全是由一种精神在支撑着，这种精神我理解就是对一种崇高的事业的追求。

召昌被引进复旦大学以来，已经出版了《大变局之道：马克思主义人类文明理论及其当代意义》一书，现在他的第二部著作《当代中国马克思主义世界政治经济学研究》也即将问世。复旦大学近年致力于运用马克思主义来指导哲学社会科学各个学科的建设，编写具有强烈的中国马克思主义色彩的哲学社会科学的各个学科的读本，其中有《中国马克思主义政治经济学》一书。在复旦大学除了有经济学之外，还有世界经济学，相应地，有政治经济学之外还有世界政治经济学。这样，在推出《中国马克思主义政治经济学》之后，就谋划要接着推出中国马克思主义世界政治经济学。学校的相关部门和领导，鉴于召昌的学术背景和学术造诣，就把这一重任交给了他。召昌经过一段时间的努力，终于把这书写出来了，可喜可贺。

召昌写作本书时，立意很高，提出本书因应百年未有之大变局和中华民族伟大复兴的时代需要，旨在建构一个新的研究领域：当代中国马克思主义世界政治经济学。

他认为，在某种意义上，本书是已经出版的专著《大变局之道：马克思主义人类文明理论及其当代意义》的续篇，继前书为马克思主义关于人类社会形态发展的经典理论接上文明的地气之后，本书将再度从抽象上升到具体，为地域文明接上主权共同体的地气，并在时间上聚焦于更为当代的主题，集中探讨资本主义向社会主义过渡的实践问题。

他还提出，在新时代把马克思主义和马克思主义政治经济学推向新境界，就需要把中国与世界的关系问题提到中心位置。同时，把握中国与世界的关系问题，也需要更加自觉地以马克思主义政治经济学为指导。

本书所界定的马克思主义世界政治经济学，应是一门深刻把握人类社会发展规律、切实影响人类文明未来走向的博大精深的学问。它的宗旨和目的，不是为了对资本主义的世界运行进行实证研究，而是为了把握资本主义不可克服的内在矛盾及其历史展开，以便帮助我们在新时代伟大社会革命的实践中找准其软肋、击中其要害，从而实现对资本逻辑的超越，做好解放全人类的准备工作。

马克思主义世界政治经济学之所以冠以"当代中国"的限定语，既是基于学理，也是出于实践的需要。从学理上看，世界政治经济体系从几千年前的原始社会解体发展到 21 世纪的今天，由继承古典东方文明的社会主义中国，肩负起人类从阶级社会向无阶级社会过渡的历史使命，有其科学必然性。从实践需要看，中华民族的伟大复兴，更是世界百年未有之大变局中最有活力的能动因素。

与传统马克思主义政治经济学所不同的是，接上时代地气的马克思主义世界政治经济学，其研究对象不再局限于生产方式和生产关系等社会经济形态范畴。也就是说，其"政治"一词不再仅指"阶级"，而是也包括了主权族群共同体的含义。这样，新的研究对象就扩展为人类生产交往活动和主权族群共同体之间的辩证运动。

本书的终极宗旨是探讨人类如何对资本逻辑进行超越。引入主权族群共同体的维度，就是要把这一探讨置于最现实的基础之上，就是要承认当代人类超越资本的事业遇到了竞争性的资本主义民族国家体系这个阻碍因素。在国内，资本主义国家可以对经济进行调节；在国际上，资本主义国家可以转嫁经济危机，甚至以战争方式达到自己的经济目的。资本主义民族国家的这两种对内对外职能还可以相互配合、相辅相成。

基于上述思考，他鲜明地表示：在本书中要问的总问题便是：在一个民族国家体系盛行的世界上，在资本和国家相勾连的情形下，怎样才能超越资本逻辑？

他认为，仅从这个总问题来看，与本书直接相关的三门学科是：马克思主义理论、经济学和国际关系学，而提供潜在重大支撑力量的还应包括哲学和历史。

召昌自认为自己有这个资格和条件去做这样一件事，即构建当代中国马克思主义世界政治经济学，回答当今世界如何超越资本逻辑，走向一种新的文明形态。

确实，他自大学本科起的近三十年里，就受这样的总问题所驱使，先后在国际关系学、经济学和马克思主义理论这三个不同的学科进行学习和工作，并在不同学术发展阶段始终对哲学和历史保持着浓厚的钻研兴趣。他自己这样说道：在以上五门主干学科浸染多年所积累的理论素养和知识储备，指引自己对上述总问题给出一个简单明了的初步回答，那就是：要以历史和现实条件对社会主义事业较为有利的民族国家为初始能动因素，逐步带动世界政治经济体系中的其他国家完成全人类对于资本逻辑的超越。

召昌的这一著作就是围绕着这一总问题展开的。在具体论述时，他把这一总问题又化解为五个环环相扣、源自实践需要的分问题，这五个分问题分别是：

第一，资本主义发展到帝国主义阶段，所遇到的经济危机是通过哪些内外渠道得到化解的，国家在其中起到了怎样的作用？

第二，在帝国主义世界政治经济体系中居于主导地位的西方发达国家，由于早就由列宁强调指出的帝国主义政治经济发展不平衡规律和工人贵族把工人运动引入修正主义改良主义歧途的原因，断送了过渡到社会主义的希望，那么这一基本论断在当代资本主义发生新变化的情况下是否依然成立？

第三，经济落后的东方国家，在成功建立社会主义政权之后，可以依靠哪些有利条件、以怎样的战略思路快速发展自己的经济，以在群狼林立的帝国主义世界政治经济体系中保障自己的国家安全、实现以人民为中心的社会目标？

第四，在经济落后国家建立起来的社会主义政权，怎样在资本势力依然强大的环境中，通过无产阶级政党集中统一领导各项工作的制度安排，来保障人民群众当家做主？

第五，经济落后的社会主义国家，应该怎样参与西方发达资本主义国家占主导的世界政治经济体系，以实现既壮大自己又削弱对方，最终把对方也纳入社会主义轨道的目标？

本书正是围绕这五个来自当代社会主义实践的重大分问题而设计的，除导言和后记外，共分为三篇十章。

上篇是理论整理篇，是全书的总纲和理论基础，分为第一至四章。第一至三章分别对本书的三个理论来源，即经典马克思主义政治经济学、西方马克思主义政治经济学、国外其他传统的政治经济学（包括激进左翼政治经济学和西方主流非主流国际政治经济学），进行综述和梳理。第四章则以马克思主义政治经济学为统摄，把这三个理论来源整合成当代中国马克思主义世界政治经济学的理论架构。

中篇是历史透视篇，是全书的实证基础，讨论马克思主义视角下世界政治经济体系演变的历史脉络和科学规律。分为第五至七章，分别聚焦前资本主义时代、资本主义世界历史时代、社会主义新纪元时代。

下篇是实践探索篇，是全书的战略指南，讨论社会主义中国怎样对内治理经济、对外参与世界政治经济体系，并为终结资本的全球统治作好准备。分为第八至十章，分别聚焦这三个主题。

在我看来，召昌这一著作确实是一部创新型的著作：

首先，命名方式创新。在命名上，明确区分"世界"与"全球""国际"的说法。通过"世界"概念，开宗明义地点明当今人类所处的境况，并不是国界已经打通的地球村，也不是以主权国家为唯一基准线的国际社会，而是本质上无地域边界的资本势力同地域性主权国家共同构成的一对矛盾体。两者在这一矛盾体中都不可或缺，其轻重缓急、主次关系则要根据具体情况进行具体分析。这和目前国内外绝大多数采用"全球"或"国际"名称的说法相比，对现实的把握更为贴切，而且背后有着明确的辩证法学理依据作支撑，同随意采用"世界"名称的著作也不一样。

其次，研究对象创新。马克思主义政治经济学的传统研究对象是生产方式和生产关系等社会经济形态范畴，而本书在此之外又引入了主权族群共同体的核心范畴，并辅之以地域文明的范畴，从而让研究对象更接地气、更贴近现实，从而可以更明确地服务于实践需要。

再次，研究方法创新。本书明确以马克思主义矛盾辩证法为方法论，对人类经济交往活动和主权族群共同体的关系进行研究。而且本书还把人类社会的实际历史演进和建设社会主义的革命实践有机融入学术探讨之中，这样的历史研究法和实践研究法，更使本书摆脱了很多同类著作常有的抽象概念演绎和不讲求实际效果的学究气。

最后，研究问题创新。本书的理论问题，都是源于社会主义实践需要的重大问题和真问题，而非专为构建某一学科领域而与实践无涉的纯学术问题或对实践无指导作用的纯宣传问题。

我预感到，本书的出版一定会产生重大影响。其他不论，就以本书界定出一个以马克思主义为指导思想、有着明确而科学的研究对象和研究方法的跨学科领域，就意义非凡。这对于马克思主义理论、经济学、国际关系学乃至哲学和史学等骨干学科的"大马"学科建设，对于以马克思主义为指导思想统摄和发展哲学社会科学各骨干学科的学术增长点，对于新时代中国特色社会主义哲学社会科学的学科体系建设，具有积极的启发意义和价值。另外，必须指出的是，本书并非纯学术著作，并不以实证研究资本主义世界政治经济体系的发展为宗旨，而是旨在超越资本逻辑的陷阱，为新时代中国特色社会主义在下一个三十年建成社会主义现代化强国，在国际上构建人类命运共同体提供智力支持，从而这又具有资政意义与实践价值。

是为序！

2022 年 9 月 1 日

坚持"双肩挑"而且努力"挑"好

——为山小琪①《20 世纪中国哲学编年（1900—2000）》一书写的序

　　山小琪是 2002 年 9 月从陕西师范大学考入复旦大学攻读西方哲学方向的博士学位的。和他同时成为我学生的就是仰和芝，他们的姓合起来正好契合"高山仰止"这一成语。我记得当时我的几个同事与我开玩笑说我"好运气"来了，这两个学生将是我的"幸运之星"。小琪是个西北汉子，言语不多，但学习十分用功。他的博士论文研究的是吉登斯的现代性理论。三年时间很快过去了，他的博士论文获得好评，顺利通过。我看到他做学问有一定潜力，人品也很好，就一心想把他留在上海工作，起码在长三角地区谋取发展。但正当我动用各种资源积极与多方面联系，为他落实工作岗位时，他却告诉我工作单位已经找好了，这就是回西安到西北政法大学任教。就这样，在 2005 年 8 月，他告别了我，告别了复旦大学，告

---

　　① 　山小琪，1970 年 6 月生，陕西岐山人，2002 年 9 月至 2005 年 7 月于复旦大学攻读博士学位，现为西北政法大学教授、哲学与社会发展学院院长。

别了大上海，踏上了奔赴大西北的征程。

我觉得他人特别本分，忠厚老实，所以我似乎对他格外地牵挂，似乎对他有些不太放心：他当教师能胜任吗？能够在那个学校站住脚吗？自己的生活能够安排好吗？所有这些问题经常在脑海里翻滚。

几年以后，当我去西安，小琪带着他的妻子，抱着他的儿子，站在我面前时，我的所有担心烟消云散。他在西安事业和生活都非常成功。他去西北政法大学不久，学校鉴于他在教学与科研上均非常突出，及时地给他评上了教授职称。与此同时，学校又让他担任行政职务，先是任哲学与社会发展学院的副院长，后又把院长的重任压在他的肩膀上。他不仅在事业上发展十分顺利，而且个人问题也解决得非常圆满。他的妻子是另一个高校的教师，是研究美学的，才貌双全，贤惠聪敏，并一连为他生了两个儿子。他们两个站在一起，太般配了，与我同去西安的我的太太看到他们如此美满与完美，竟然乐不可支，高兴得惊呼起来。他们俩反复与我说，现在工作压力很大，家务也格外繁重，但是觉得日子过得十分充实与幸福。

小琪事业上的成功，当然不仅仅体现在他担任着院长职务，肩负着一个学院的生存与发展，更表现在他在理论研究上日益长进，不断推出研究成果。他与我说，在复旦大学读书时，您曾告诫我们，在高校担任行政职务，哪怕是当了院、校的主要领导，最重要的是不能把业务丢掉，应当坚持"双肩挑"，否则会得不偿失，吃大亏的。他说始终记着我的这一告诫，所以有时在学校处理行政事务忙了一整天，回到家里哪怕再累再困，也要坚持着看一会儿书写一点儿东西。他说每年在理论研究上都要给自己定下目标，紧紧咬住这一目标决不松懈。

小琪是从复旦大学哲学学院这个学术圈子里出来的，复旦大学哲学学院是以研究现代西方哲学和西方马克思主义见长的，所以小琪去西北政法大学的前几年，他也主要在这两个领域中耕耘。这从他所出版的著作、所发表的文章以及所从事的课题研究可以看出：他出版的著作是《现代性的制度之维——吉登斯现代性理论研究》；他发表的论文有《大众与大众文化之辩——威廉斯大众文化理论探析》《威廉斯与阿多诺文化理论比较初探》等；他从事的研究课题是《葛兰西早期思想研究》。

可能与他在哲学学院院长这个岗位上有关，也可能与研究西方马克思主义到一定阶段必然会企图突破而进入一个新的空间，我发现他在西北政法大学工作五六年后，他学术兴趣发生了变化。他想把握哲学在中国发展的历史与现状，也就是说他想对哲学在中国的发展有一个整体的了解，在此基础上再寻找自己理论探索新的突破点。于是，他有了一个大胆的构思，即编写 20 世纪中国哲学的发展史。他把这一想法转化成为国家科学基金的一个重点课题，即《20 世纪中国哲学编年（1900—2000）》，这是一个富有创意又具重大意义的研究项目。他的申报获得了成功。申报成功以后，他就把自己的精力完全投入于其中，他又充分利用自己当院长这一优势，组织了院内外的力量进行攻关。功夫不负有心人，现在这一研究课题终于完稿了，洋洋数十万字的书稿已经呈现在我们面前。我在这里，发自内心向小琪，向以小琪为首的团队，表示祝贺！

我们知道，学术编年的研究是在继承和发扬中国传统编年体史学的翔实记录和信实传统的基础上，一种运用比较广泛的学术史研究和学科史料汇集编纂相结合的创新研究方法。它一般涉及某个研究领域各个方面的大事都需要甄选汇集记录整理，编年的内容由纲文、目文、文献和注释等部分构成，以精确、精练和精彩为编纂标准。近年在国内出版了不少关于 20

世纪中国文学发展的编年研究、20世纪中国历史发展的编年的研究。由于小琪他们的辛苦劳动，现在又有了20世纪中国哲学发展的编年研究。小琪他们开辟了通过文献资料的汇编与整理进行学术编年的研究来探讨20世纪中国哲学历史发展的一条新的重要途径。小琪他们以20世纪中国哲学在社会主义革命、建设和改革实践中连续的纵向历史发展为主要线索，结合20世纪中国哲学在不同时期不同区域的发展的复杂面貌，依照20世纪中国哲学的发展历程将20世纪中国哲学发展的整体过程，按照不同的时间编年分阶段地进行了文献编年史料整理研究。

这一对20世纪中国哲学发展的编年研究，规模宏大，分为上、下两编。

上编主要涉及中国哲学在20世纪前半期的发展，即主要涉及中国哲学在晚清和中华民国时期的发展，并在革命实践与社会文化的裹挟推动下中国哲学逐渐成长并且范式趋于成熟的过程。具体地说，上编依次展现了以下过程：

首先，随着西方强势文化和学术的冲击，西方各式各样的哲学思潮流派被引入中国，并对中国传统的学术和固有文化形成冲击，促进了中国哲学现代范式的形成，这是近代以来西学东渐的一个有机部分。推动西学东渐的有传教士、大学教授、留学生、新式官僚及商人等，由于不同的动机和途径，西学东渐的效应重彩纷纭。

其次，20世纪初期中国传统的学术文化，特别是儒家经学在欧风美雨冲击下被动地转化自身以适应社会文化发展的需要。这既包括传统学术借助运用现代学术方法进行新式的中国哲学研究，也包括世纪初国学的兴起，还包括延绵不断的新儒家研究。

再次，马克思主义以及马克思主义哲学在中国的传播并推动中国共产党的成立，在中国共产党的积极传播下，马克思主义随着中国革命曲折过程在工人运动中接受革命实践检验丰富发展逐渐壮大的过程，特别是马克思主义中国化的第一个伟大理论成果——毛泽东思想的形成与发展等，促使马克思主义哲学逐渐成为 20 世纪中国哲学发展的主脉。1938 年 10 月，毛泽东在党的六届六中全会的政治报告《论新阶段》中指出："离开中国特点来谈马克思主义，只是抽象的空洞的马克思主义。因此，马克思主义的中国化，使之在每一表现中带着必须有的中国的特性，即是说，按照中国的特点去应用它，成为全党亟待了解并亟待解决的问题。" 推动马克思主义哲学发展的不仅包括中国共产党领导人，也包括专业哲学工作者。

下编主要涉及中国哲学在 20 世纪后半期的发展，即主要涉及中华人民共和国成立以后哲学在中国的进程。

中华人民共和国成立以后，在中国共产党的领导下、在社会主义革命和建设复杂的形势下，中国人民对中国社会主义发展道路进行了曲折探索，从中华人民共和国成立初期到"文化大革命"，中国哲学也在曲折中蹒跚前进。特别是中国社会主义改革开放以来，马克思主义中国化新成果——中国特色社会主义理论体系的形成与发展。中华人民共和国成立以来中国哲学发展走过了一段亦辉煌亦曲折的动态发展的历史过程。中国特色社会主义理论体系所包含的马克思主义哲学的发展，是 20 世纪后半期中国哲学发展的主流。这既涉及中国共产党的主要领导，特别是毛泽东、邓小平等共产党的领袖人物在领导社会主义建设中对马克思主义哲学的深化丰富和创新发展的重要活动、主要观点、重要事件、主要著述等，也包括在高等学校的专门哲学工作者以及在宣传出版部门、文化新闻机构的学者对于马克思主义哲学的研究探索与积极传播。

千万别以为这一对 20 世纪中国哲学发展的编年研究，仅仅是史料的堆积。实际上，它通过相关史料的收集与整理，既呈现了 20 世纪中国哲学发展历史的微观图景，还原了 20 世纪中国哲学发生发展的具体细节，又构建了 20 世纪中国哲学发展的宏大历史场景。

在我看来，这一对 20 世纪中国哲学发展的编年研究，起码有以下三个方面的学术价值：

其一，再现了 20 世纪中国哲学发展的多元化场域。20 世纪中国哲学发展既包括毛泽东、邓小平等领袖人物和章太炎、梁启超、冯友兰等著名哲学家对于推动 20 世纪中国哲学发展所做的贡献，也包括数量众多的学者文人在传播发展 20 世纪中国哲学方面的重要活动及其成果面貌。

其二，展现了 20 世纪中国哲学发展与时代的互动。20 世纪中国哲学发展是在具体的历史时空中发展的，是和处在具体时代的社会文化运动一起发展的，有影响的政治事件和社会文化运动推动了 20 世纪中国哲学的发展，如辛亥革命、新文化运动、五四运动、"文化大革命"、改革开放等都促进 20 世纪中国哲学对于时代问题的思考与回答发声，这充分说明 20 世纪中国哲学是在和时代的紧密互动中来推动自身的发展的。

作为 20 世纪中国哲学发展主流的马克思主义哲学在中国的蓬勃发展，充分说明 20 世纪中国哲学特别是马克思主义是在和时代的紧密互动中来推动自身的发展的。十月革命的炮声给中国送来了马克思主义，给探寻救亡图存出路的中国人民指明了前进方向、提供了全新选择。中国共产党应运而生，而且一经成立便高高举起马克思主义伟大旗帜，始终坚持将马克思主义原理同中国实际相结合，努力团结和领导全国各族人民，一步步取得了革命、建设和改革的伟大胜利，实现了从站起来、富起来到强起来的伟大飞跃，迎来了中华民族伟大复兴的光辉前景。中国之所以能够创造人类历史上前所未有的发展奇迹，离不开党带领人民进行的努力奋斗，离不开马克思主义哲学的精神指引。正如习近平总书记在纪念马克思诞辰200周年大会上的讲话中所说的："马克思主义的命运早已同中国共产党的命运、中国人民的命运、中华民族的命运紧紧连在一起。"马克思主义哲学对中华民族的崛起有着非凡的意义，这个从遥远西方引来的火种，让中国找到了正确的世界观和方法论，推动了中国历史的发展进程，也将为新时代中华民族的稳步前进持续提供科学的理论和行动的指南。

其三，呈现了20世纪中国哲学发展与国家政治社会的互动。20世纪中国哲学的发展也是在具体的时空区域中进行的，是和具体的政治发展与民族解放运动结合在一起的，是在各种社会文化运动的开展中一起蓬勃发展的。20世纪社会政治运动促进了20世纪中国哲学在实践中不断丰富与创新。哲学理论常常对社会文化运动起着指导作用，这些运动也检验了哲学学说的真理性，同时反过来也促进了哲学理论在实践中不断丰富与创新。20世纪中国革命与建设、中国的改革开放的伟大实践等突出地表明了这一特点。

我们完全可以有把握地说，这一对20世纪中国哲学发展的编年研究的推出，必将为我们探讨20世纪中国哲学发展的内在规律，提供发展的微观的具体细节和宏大的历史场景，提供基本的资料基础和历史文献支撑，从而也必将促进20世纪中国哲学研究的深入。我郑重地向中国学术界，特别是哲学界推荐这一难得一见的学术成果！

是为序！

2021 年 8 月 19 日

"官人""文人""艺人""学人"
四位一体的哲学博士

——为赵青云①《卡尔·柯尔施的马克思主义观研究》
一书写的序

赵青云的博士论文《卡尔·柯尔施的马克思主义观探要》正式出版了，他邀请我为他的这一著作写序言，我非常乐意地接受了。我为许多学生的博士论文出版作过序，但我明白为青云的博士论文出版作序具有特殊的意义。

这一序言本来应当由他的导师俞吾金教授写的，但可惜还在青云就读博士学位期间，吾金教授因患重病永远离开了我们。青云失去了自己亲爱的导师，我也失去了自己亲密的同事。在一定意义上，我在这里是代替吾金教授为他的学生的著作写序言。

吾金教授亲自面试把青云招收至门下，并指导了青云的博士论文的写作，但他没有看到青云的博士论文顺利通过答辩并获得优秀，更没有看到青云的博士论文由人民出版社正式推出。我想，如果他现在还活着，他一

① 赵青云,1964年9月生,浙江永嘉人,2010年9月至2014年12月于复旦大学攻读博士学位,现为宁波海事局党组书记、一级巡视员,中国作家协会会员,中国书法家协会会员。

定能为青云的博士论文的出版写出一个具有极高水准的序言，一定能为青云的这一著作增光添彩。我有自知之明，知道自己不可能达到吾金教授的水准，但我还是想在这里尽可能地把吾金教授会表达的想法表达出来。

为了写这一序言，我重新阅读了青云的这篇论文，更从各个方面了解了青云的背景，感触很深。我在这里首先要告慰吾金的在天之灵：您把青云收为自己的弟子，并加以精心培养，完全做对了。看看青云的成长经历，再看看青云现在所从事的工作，再看看青云的这篇难得一见的博士论文，您作为他的导师一定会为拥有这样一个学生而感到欣慰和自豪！

青云不是等闲之辈，他确实是个人才。他头顶着各种桂冠：首先，他是个"官人"，长期担任政府的要职，现还在宁波海事局党委书记的任上；其次，他是一个"文人"，他能写一手好文章，尤其擅长于抒情性的散文和尖锐的杂文，担任过数家报刊的专栏作者，出版过数部著作；再次，他还是个"艺人"，他绘画、书法、篆刻无一不通，举办过个人的画展、书法展和篆刻展。当他获得哲学博士学位，推出自己的学术专著以后，他又增加了一顶"学人"的桂冠。我们做老师的平时常说，自己一生最大的财富就是自己的学生，特别是有出息、富才华的学生。有青云这样的人才作为自己的学生，是吾金教授的福气，当然也是我们这些吾金教授周围的老师的荣幸！

青云是个"官人""文人""艺人""学人"，但又不是个一般的"官人""文人""艺人""学人"。正如一位熟悉他的朋友所说，与一般的"文人""艺人""学人"相比而言，他又多了一些社会阅历、领导经验，在他们面前，他是一个实践者、实干家、操盘手，治的是经世致用之学，深知其中甘苦；而与一般的"官人"一对照，他又多了一些书卷气，在他们面前，他是一个思考者、探索者、殉道者，做的是形而下的工作，琢磨的是形而上的规律。青云的过人之处，就在于"四者兼杂"，"拼的是综合实力"。

当青云不但在"从政"的岗位上，而且在"从文""从艺"的道路上都取得了相当不错的成就以后，就想在原有的成就上取得新的突破。那么如何突破呢？他的选择是：第一，到高等学校去深造，攻读博士学位；第二，不读其他学位，就读哲学学位；第三，不以西哲、中哲作为研究方向，就以马克思主义哲学作为研究方向。应当说，青云的这一选择是经过深思熟虑的，也是独具匠心的。他作出这一选择再次显示出他的高瞻远瞩、超群绝伦。实践也证明，他的这一选择是完全正确的。他本人再三表示，这三年多在复旦大学对马克思主义哲学的研习，自己的精神境界和思想方法产生了质的飞跃。有了马克思主义哲学作为自己的"看家本领"和"人生底蕴"，自己这些年各方面的工作更加"自由"，也更加"轻松"了。

我们必须在青云的上述这些背景下来阅读青云的这部以其博士论文为基础的著作。青云攻读博士学位，显然不是单纯为了拿学位而攻读的，他为的是把握马克思主义的"真精神"。为了达到这一目的，他当然必须阅读马克思主义的一系列原著，而为了真正领会这些原著，他还得借助于他人的研究成果，即站在他人的肩膀上来研究。在他的导师吾金教授的引导下，他选择借助于柯尔施来"走近"和"走进"马克思。柯尔施是早期西方马克思主义的代表人物之一，人们将他与乔治·卢卡奇、安东尼·葛兰西并称为这一流派的鼻祖。柯尔施以其特有的视角对马克思主义思想进行了全面再解读，从而形成具有柯尔施特色的马克思主义观。柯尔施呈现给人们的是一个有机统一的马克思主义理论的形象：马克思主义的理论与革命实践内在统一、马克思主义的理论与德国古典哲学内在关联、马克思和恩格斯早期的革命思想与他们晚期的社会理论内在相通。青云力图以柯尔施马克思主义观发展的历史脉络为主线，系统地对柯尔施的马克思主义观进行全面的分析和研究，并在此基础上，使自己对马克思主义的"真精神"有一个更为全面、精确的把握，从中找出运用马克思主义去解决实践中出现的新问题的立场、观点和方法。

我参加了青云的博士论文的答辩，不仅是我本人，而且所有的答辩学者都认为青云撰写这篇博士论文的初衷已圆满地实现了。我们在这篇论文中真切地看到了一个正奋战在中国特色社会主义大道上的领导干部对马克思主义的热切追求，也看到了一个博学多才的年轻人对柯尔施这一西方马克思主义早期代表人物的思想的鞭辟入里的分析和对马克思主义的"真精神"的深刻把握。

我本人从 20 世纪 70 年代末、80 年代初就开始研究西方马克思主义，至今已有近四十年的历史了。柯尔施当然是我研究西方马克思主义的一个重点人物，论述柯尔施的理论成果我也已发表不少。但是我看了青云的研究柯尔施的博士论文以后，确实有面目一新、豁然开朗的感觉，深受启发。我深切地感受到，仅对柯尔施的研究而言，青云也有许多的突破。我甚至可以这样说，青云的论文把目前国内学界对柯尔施的研究，推到了一个新的水准。想想他只通过三年多的研究，就达到了这样的水准，而我是这个领域的专业研究人员，而且已研究数十年，却在一些方面还逊于他，真有点儿脸红心跳。

我对青云的未来抱有很大的希望，这也是已故的吾金教授的希望。虽然他拿到博士学位以后就离开了我们学校，见面交流的机会很少，但实际上我们一直相互关注着。我期望着他为我们这个国家、这个民族，充分发挥自己独有的优势、独有的聪明才智，做出更大的贡献。

是为序！

2016 年 5 月 12 日

从孤身闯荡上海滩的"小女人"到
誉满沪上的女学者

——为赵司空①译作《个性伦理学》写的序

赵司空是我把她从武汉带到上海来的，所以我总认为，到了上海以后，她在事业上发展得如何，生活过得好不好，我是承担着很大责任的。

2007 年春天，我受武汉大学何萍教授的邀请，赴武汉参加她的几个博士生的毕业论文答辩，并让我担任答辩主席。在答辩过程中，我发现她的有一个叫赵司空的博士研究生，生得比较矮小，但温文尔雅，眉清目秀。她论文研究的是卢卡奇。在这样一种场合，一般来说对博士研究生我总是不会轻易放过的，总要提几个颇有难度的问题"镇"其一下。但想不到她竟然对答如流，把我的问题透彻地解析了一下，并抓住我所提问题中的某些破绽，加以反诘。我参加了多少次博士生论文答辩，很少遇到这样的"对手"。她引起了我的注意。

后来我从她的导师何萍教授那里详细地了解了司空。她是湖北钟祥

---

① 赵司空，1978 年 10 月生，湖北钟祥人，2007 年 8 月至 2009 年 7 月于复旦大学攻读博士后，现为上海社会科学院研究员。

人，农家子弟，在当地的中学毕业后就考入武汉大学，从本科一直读到博士，何萍既是她的硕士生导师，又是她的博士生导师。她天资聪明，品学兼优。我问何萍，她博士毕业后的工作落实没有，何萍告诉我尚没有。面对如此优秀的人才，我当即萌发了让她跟着我去复旦大学读博士后，继续深造的想法。当我把这一想法向她们师徒两个一倾吐，她们两人竟然不加思索地同时拍手叫好。

就这样，在 2007 年 8 月，司空就办完了出武汉大学进复旦大学的各种手续，开始了她在复旦大学、在上海的学术和生活历程。她正式启程来上海前夕，何萍数次以各种方式与我联系，她说把司空交给您了，今后她的事业、工作，甚至找对象等各种事情，都拜托您了。她一个女孩子，在上海举目无亲，您是她在上海的第一个亲人。被何萍这么一讲，我一下子感到自己的担子沉甸甸的。

我作为她的博士后合作导师，与她首先要确定的是她的理论研究的方向。她博士阶段主要研究的是卢卡奇，特别是卢卡奇的文化哲学。博士后的研究肯定要在原有基础上加以扩展和深化。问题是，朝着哪一方向扩展和深化？一般原先研究卢卡奇的，总转为研究整个西方马克思主义，从西方马克思主义的发展史中寻找与卢卡奇联系密切的某一新的流派或代表人物，作为自己研究的新的突破点。我与司空反复商议后，决定不沿着这一方向走。我们决定开拓一条与众不同的研究线索，这就是从研究卢卡奇到研究布达佩斯学派，从研究布达佩斯学派再到研究整个东欧新马克思主义。也就是说，司空来到上海后，她的注意力将不是放在西方马克思主义上，而是专注于东欧新马克思主义。

我认为，司空的研究方向从卢卡奇—西方马克思主义，转为卢卡奇—

东欧新马克思主义，是十分明智的。就我本人来说，随着苏东剧变，越来越感觉到研究东欧新马克思主义的迫切性和重要性。尽管苏东剧变以后，东欧新马克思主义的一些流派的代表人物处境艰难，但他们并不像那些原先的"官方的""正统马克思主义"者那样一下子放弃了对马克思主义的信仰，从马克思主义的主要宣扬者变成了激烈的批判者，他们仍然坚持研究和宣传马克思主义。他们在东欧的共产党执政时期，对如何实施改革提出了一系列理论观点，遭到了来自官方的严厉批判甚至迫害，而一旦共产党失去政权以后，他们信奉马克思主义的立场没有改变，这与那些原先的"官方的""正统马克思主义"者形成了鲜明的对照。对于这些东欧新马克思主义者在共产党执政时期所提出的遭到批判的理论，对于他们在共产党失去政权以后何以还能坚守马克思主义，真值得好好研究一番。我对司空转而研究东欧新马克思主义不仅全力支持，而且对她的研究前景抱有信心。

由于找准了方向，再加上她原先的理论基础比较扎实，平时又十分刻苦，从而她在复旦大学、在上海，自己事业上的发展可以说是非常快的。2009年，她的博士后出站报告顺利地通过。她在上海找工作也不难，好几个单位同时准备录用她，她选择了上海社会科学院哲学研究所。上海社会科学院哲学研究所给她提供了极好的工作条件，她如鱼得水，充分利用这一平台施展自己的才能。她迅速地在那里站住脚，被那里的领导和同事高度认可，没有过几年，她就被当作学术骨干使用，当了上海社会科学院哲学研究所的一个研究室的主任。特别令人振奋的是，她被评上了在上海"含金量"非常高的"社科新人"。随着她的学术论文一篇篇地发表，学术专著一部部地出版，她的副教授、教授也及时地得以晋升。由于她在事业上发展如此迅速，人们都以羡慕的眼光看着她。许多人知道我曾经是她的导师，从而纷纷当着我的面夸奖她。我也经常把她在事业上成功的喜讯向何萍教授通报。

司空事业上的成功使我宽慰，但与此同时，她的另一件事则令我日益焦虑。这就是她的婚姻大事。她个人条件十分优越，但由于她一直专注于搞学问缺少交际，从而她的婚姻大事拖了下来。眼看着她的年龄一年年地增长，我急了，她后来也有点儿着急。远在武汉的何萍则不断地在"追究着"我的责任。我与司空住得很近，她经常来我家，我们夫妇俩常陪着她一起"策划"。这些日子现在回想起来还是如此清晰地呈现在我们面前。我当时讲了这样一句"狠话"：今后招收女学生，她进校后，我作为导师与她首先商量的不是如何研究学问，而是如何解决个人的婚姻大事。

应该说，司空最后自己的婚姻大事还是解决得十分圆满。她利用去法国参加学术研讨的机会，结识了一名罗马尼亚籍的年轻学者，两个人"对上眼"了。她征求我的意见时，我表示双手赞成。当她把她的"老外对象"领到我面前时，我惊呆了。她的男朋友一表人才，学问也很好。我为司空庆幸。

我这里要说的是司空结婚后所表现出来的那种令人难以想象的坚韧的精神。她说服了她的丈夫，立意到中国国内发展。于是，她带着她的丈夫来到了上海。当时，她的丈夫不会讲中文，一时无法找到工作。司空也没有经济实力在房价高昂的上海购买住房，只好借了几十平方米的一间房子作为自己的婚房。而不久，他们的儿子又来到了这个世界上。司空把自己的母亲请来照顾自己的儿子。这样他们一家四口就挤在这几十平方米的房子里生活。她的丈夫不懂中文，与自己的丈母娘交流全靠司空翻译。司空当时单位里工作压力又很大，她还得抓紧一切时间搞学问，还得花一个多小时时间乘地铁和公共汽车去上班。我数次去她家探望，她家当时的情景还历历在目。当时全家实际上就靠司空一个人扛着。使我万分感动的是，司空如此弱小的身躯，居然隐含着如此巨大的力量。她硬是带领全家渡过了难关。她在我们面前一点儿也没有表现出丝毫的畏难情绪。

十多年时间过去了，司空全家的生活发生了根本的变化。她的丈夫找到了比较理想的工作，既可以发挥自己的才能又有一笔稳定的经济收入。近一百平方米的新住房买下来了，自己搬进了属于自己的房子。儿子越长越可爱，人见人爱。去年她还随自己的丈夫带着儿子去罗马尼亚"衣锦还乡"，拜见自己的公婆。回想司空到上海来的数十年，特别是结婚后的十余年，我感慨万分，再次悟出了一个道理：一个人只要有着远大的目标，并朝着这一目标坚实地走着，前景总是光明的。

司空几十年来一直在东欧新马克思主义这一领域耕耘，成绩斐然。这次，她翻译了赫勒的《个性伦理学》一书，马上要出版。她约我为她的这一译作写一个序言。我对赫勒其人其书确实有话要说，尤其我对译者司空也有话要说，所以我同意了。

司空在"中译者序言"对赫勒这个人简单地作了介绍。确实，赫勒尽管是卢卡奇的学生，但她与卢卡奇有着很大有区别。这主要表现在她有极强的个性。我记得前几年赫勒访问复旦大学，我们与她座谈。在座谈时她侃侃而谈，我忍不住打断她向她讲了这么一句：我本以为您是一个"马列老太太"，但想不到您如此平易近人、豪放不羁。她听后放声大笑。我们问她，您究竟是否还相信马克思主义？她竟然这样回答我们：马克思把一切都归结为经济，我是无论如何不能接受的。这是她明确地对马克思主义的唯物史观的否定。我当时就想对她说，您不认可马克思的第一个伟大发现，当然已没有"底气"称自己为马克思主义者了。

但不管怎样，在我看来，她的《个性伦理学》还是具有一定学术价值的，把它翻译成中文推荐给中国学者是值得的。她对司空说："这是一本最贴近我的书。"这是符合实际的。

司空在"中译者序言"中已较为详细地介绍了本书的主要特征和内容，我在这里也另外再"啰唆"几句。

我认为，要把握赫勒此书的理论观点，关键是首先要了解《个性伦理学》实际上是赫勒计划写的《道德理论》的一部分，也就是第三卷。第一卷是《一般伦理学》，第二卷是《道德哲学》，第三卷原计划命名为"恰当行为的理论"。在写作第三卷之前，赫勒对第三卷的体裁进行了反思，认为必须采取全新的交流方式，以体现单个个人的"好的生活"。

其次我认为，要读懂这本书，必须不能纠缠于个别的章节，特别是个别的段落，应当在头脑里对此书有一个总体的了解。也就是说，要知道《个性伦理学》由三部分组成，第一部分"尼采与《帕西法尔》"由五个讲座组成，第二部分"维拉，个性伦理学或许是可能的吗？"由三篇对话组成，第三部分"关于道德审美的信件：论美的和崇高的人物，论幸福和爱"是由祖孙间的通信构成的。这三部分是具有关联性的，既体现了赫勒的观点——不能抛弃道德拐杖，也捍卫了她的思想——应该让每个人讲话。

在第一部分第一讲中，赫勒解释了为什么选择尼采作为讨论个性伦理学的开端。她说，因为尼采是最合适的 19 世纪的激进哲学家。首先，个性伦理学对尼采而言是个人的，当尼采讨论个性伦理学时，他也是在讨论他自己。每种个性伦理学都是一种独特个性的伦理学，这一点正是赫勒所强调的。她同时强调的还有，根据个性伦理学来生活就等同于完成了某人的工作，成其为所是。尼采正是这方面的合适代表，因为尼采使其哲学个性化了。尽管尼采自称为非道德论者，但正是这个非道德论者的尼采致力于个性伦理学。

在第二讲中，赫勒讨论了尼采越来越痴迷于瓦格纳这个问题的重要性。她指出，青年尼采喜欢瓦格纳，但并不痴迷于他。但当《权力意志》写作受阻时，他对瓦格纳的痴迷开始发展。赫勒进一步指出，尼采与瓦格纳的决裂才具有公共重要性；通过与瓦格纳决裂，尼采回到了他自己。在赫勒看来，与瓦格纳的决裂，是尼采做真实的自己必须踏出的一步；而做真实的自己是个性伦理学的第一个，甚至是唯一一个准则。尼采与瓦格纳决裂的关键是《帕西法尔》，不是因为《帕西法尔》是宗教的或虚无主义的和颓废的，而是因为它不是悲观主义的。赫勒进一步引用尼采自己的话来说，因为《帕西法尔》中的英雄战胜了颓废；对尼采来说更糟糕的是，在《帕西法尔》中伦理上高人一等的英雄不是帕西法尔自己，而是"好人"古尔内曼茨，在其中找不到颓废或悲观主义的踪迹。但是在尼采看来，"好人"是伦理学的丑闻。

在第三讲中，赫勒主要阐释了谁是帕西法尔。赫勒强调了决定帕西法尔命运的两个时刻：一个时刻是帕西法尔揭开圣杯时，通过揭开圣杯，他揭开了真理；另一个时刻是揭开圣杯的帕西法尔跪在圣杯前，通过在"更高的"东西面前保持谦卑而达到了自己的目的。在尼采看来，帕西法尔因为在更高的真理面前保持谦卑而违背了自己的英雄的本能。这是尼采所不能容忍的。

在第四讲中，赫勒从《帕西法尔》的角度解读《论道德的谱系》（将之作为《反帕西法尔》）。其中涉及了"善与恶""好与坏""负罪感""良心谴责"、禁欲主义等主题。

在第五讲中,赫勒回到了尼采语境中"人的意义"这一主题:人迄今为止还没有意义,但明天可能就会有。赫勒指出,尼采没有返回真理的形而上学概念,而是坚持将历史的真理归于个人主体,坚持个人视角主义。但是尼采摇摆于形式的个性伦理学和实质的个性伦理学之间,并由此导致在激进的反历史决定论和激进的历史决定论之间摇摆,并且后者占据优势。赫勒认为,尼采想要解决形式的个性伦理学和实在的个性伦理学之间的紧张,要么引入"超人"来突破历史决定论,这样个人就消失了;要么通过引入额外的形式标准来多元决定纯形式的个性伦理学概念,但赫勒是反对纯形式的个性伦理学概念的,因为纯形式的个性伦理学概念可能掩盖实质性的恶。

通过以上五讲内容,赫勒论证了将尼采(和《帕西法尔》的结合)作为其个性伦理学例子的合法性。

第二部分是维拉和另外两位哲学系学生之间的对话。他们三位在不同程度上代表着尼采、康德和克尔凯郭尔。通过对话的形式,赫勒将这三位哲学家的思想设置为理解个性伦理学的三个重要视角。

第三部分是祖孙二人之间的通信,这些通信让读者有机会在更加个性化和具体化的语境中,参与到对个性伦理学的理解和体悟中。

赫勒的《个性伦理学》从体裁上看的确不同于很多伦理学著作,不论是对话的形式还是通信的形式,都不是集中于某一个主题展开系统论述。因此,从形式上看,这本著作的表述显得不是那么精炼和简洁,但是从内容上看,这本著作也最少地包含了"强制"或"宣讲"的成分。相反,这本著作是充分敞开的,是每位读者都可以自由加入的。在这本著作中没有权威，没有命令式的"应该"，但是却有"拐杖"，有对每个人命运的沉思。用现在流行的话语说，阅读这本著作是一种"沉浸式的阅读"。它与我们每个人的生命、生活都可以相关联。

赫勒的《个性伦理学》具有很深刻的东欧背景，这与东欧新马克思主义者那一代知识分子的个人遭遇、时代之思有关。伦理问题是东欧新马克思主义的重要论题，它和实践、人道主义等命题共同构成东欧新马克思主义的学术主题。然而在苏东剧变已经三十多年的今天来重新思考赫勒对伦理问题的研究，我们也能看到其中的时代局限，以及赫勒从马克思主义走向后马克思主义之后的"软弱"，尤其是在面对更加"坚硬"的资本主义结构困境时显出的无力感。

不论是从积极层面看，还是从时代局限看，我都认为《个性伦理学》是一本值得阅读的重要著作。我建议读者通晓了本书的基本结构，再进入赫勒的一字一句的论述之中。另外，赫勒著述颇丰，她的思想也有过变化，从批判的马克思主义转向了后马克思主义，所以要全面理解《个性伦理学》的思想及其在赫勒思想中的地位，还应该阅读赫勒其他的著作。如果要想理解赫勒的思想在整个东欧新马克思主义传统中的地位，还应该阅读东欧新马克思主义的其他著作。这些著作很多已经有了中译本。同时，也可以在与西方马克思主义的比较中来阅读赫勒的《个性伦理学》及更广义的东欧新马克思主义。

我的以上建议不一定正确，仅供参考。

是为序！

2014 年 8 月 7 日

在"小地方"默默耕耘成就了"大学问"

——为单传友①《经典诠释视域下的〈历史与阶级意识〉》一书写的序

明年（2023 年）是卢卡奇的《历史与阶级意识》一书出版 100 周年。单传友的《经典诠释视域下的〈历史与阶级意识〉》现在呈交出版社，可望在明年正式推出。作者选择这样一个时间节点，大概是出于这样的动机：以此纪念卢卡奇的这一具有划时代意义的著作在世界上广泛流行 100 周年。

单传友是 2011 年进入复旦大学哲学学院攻读当代国外马克思主义方向博士学位的，我是他的导师。在决定撰写博士论文的主题时，我与他产生了分歧，甚至争执。我根据他已有的学术成果以及当时学术界，特别是西方马克思主义学术界的热点，给他选择了一个主题。但他就是不从，他反复提出要重点研究卢卡奇，并以评述卢卡奇作为博士论文的方向。我当时用研究卢卡奇的人太多，已经达到了很高的研究层次，要突破、要研究出新意来实在太难为理由，说服他。他则这样反驳我：我到复旦大学来主

———————————

① 单传友,1982 年 11 月生,安徽天长人,2011 年 9 月至 2014 年 7 月于复旦大学攻读博士学位,现为安徽师范大学副教授。

要是为了掌握西方马克思主义，乃至整个马克思主义的基本理论的，我认准，只要真正透彻理解了卢卡奇的作为西方马克思主义圣经的《历史与阶级意识》的基本思想，也就等于大致把握了西方马克思主义，而把握了西方马克思主义，又有利于我掌握整个马克思主义。所以我要通过撰写博士论文，真正把卢卡奇的这一代表作弄懂弄通。见他态度如此坚决，我也改变主意支持了他。于是，连续几年，我与他一起潜心研究卢卡奇的这一著作，把我几十年所积累的关于卢卡奇思想的一些感悟和心得毫无保留地传授给他。后来，他的研究卢卡奇的博士论文终于写成了，在答辩时受到了众专家的好评。现在推出的这一著作就是在他博士论文基础上改写而成的。

现在看来，他当年执意研究卢卡奇，执意以卢卡奇为题撰写博士论文，这一选择是正确的。后来我发现，正因为他通过研究卢卡奇，撰写了研究卢卡奇的博士论文，从而打下了很坚实的西方马克思主义，乃至整个马克思主义的理论根基。有了这样一个基础，他走上工作岗位以后，进行学术研究就显得特别从容与扎实。他从复旦大学获得博士学位已有快十年了，综观他近十年的学术道路，是十分成功的。最近他发表的一篇学术文章，被《新华文摘》《中国社会科学文摘》、中国人民大学复印报刊资料同时全文转载。细看他的学术文章，有一个特点就是尽管研究的是现实问题，但学术性很强。我总把他学术上的成功与当年执意研究卢卡奇联系在一起。

单传友在我脑海里是一个十分固执的学生。这种固执不仅表现在对博士论文主题的选择上，更体现在对工作去向的选择上。实际上，博士毕业时他"搞学问"的潜能已有所体现，所以我的一些同事都建议我想办法把他留在身边，留在上海。我也数次把我们的意图告诉了他。但是他根本没有这个打算，他一心想回到安徽芜湖，到那里的安徽师范大学去当个教师。在那里工作数年后，我发现他在学术上发展得不错，总感到那里的平台对他来说可能太小了。于是我就千方百计地想办法把他从那里"拔"出来。那时正好复旦大学马克思主义学院要招聘年轻有为的人才，我好不容易说服他来复旦大学应聘。复旦大学的应聘面考是十分严格的，结果十余位名师竟然一致投了赞成票引进他。这下子我以为他可以到复旦大学来与我们一起进行学术研究了。可实在没有想到的是，过不久，他竟然回复我：感谢母校对他的信任与支持，但他还是想继续在芜湖的安徽师范大学工作。回想数十年来我的学生的工作去向选择，总的来说有两种：一种选择去大城市，去名校；另一种选择去中小城市，去一般的高校。事实告诉我，后一种选择并不意味着前途暗淡。我的数位去中小城市的学生后来都发展得很好，其中不仅有单传友。

可以预料，明年国内学界，特别是当代国外马克思主义学术界，会围绕着卢卡奇的《历史与阶级意识》一书撰写一系列学术文章，加以纪念。但我相信，即使会出现许多研究卢卡奇的《历史与与阶级意识》的学术文章和著作，单传友的此书也会具有特殊的地位，产生深远的影响。单传友的这本书开创了研究卢卡奇的《历史与阶级意识》的新的境界。该著的新意主要表现在三个方面。

第一，研究了新文本。1923年卢卡奇出版了《历史与阶级意识》，1924年就受到了共产国际第五次代表大会的批评。一般认为，面对这种批判，卢卡奇并没有反驳，而是进行了自我批评，但1996年出版了卢卡奇的《尾巴主义与辩证法——捍卫〈历史与阶级意识〉》。这表明，实际上在1925年到

1926 年期间，卢卡奇也进行了反批评，捍卫了《历史与阶级意识》。这个文本的出现为研究《历史与阶级意识》提供了新材料，但这一文本尚未引起中文学界的重视（尚无中译本）。在这个文本中，卢卡奇明确指出了《历史与阶级意识》的思想主旨，其"关于马克思主义辩证法的研究"（《历史与阶级意识》的副标题）就是要证明无产阶级政党是马克思主义辩证法的逻辑必然结果。这一判断为正确理解《历史与阶级意识》的理论主题提供了基本遵循。从主要内容来看，卢卡奇在这本书中主要回应了两个问题：一是主观主义问题，二是自然辩证法问题。针对主观主义问题，卢卡奇认为，对他的批评并不合理，认为他陷入了主观主义实际上未能理解革命过程中主观与客观之间的相互作用，未能充分理解列宁的时机理论；针对自然辩证法问题，他指出他并不是简单地反对自然辩证法，而是主张自然是一个社会范畴，不能脱离社会历史辩证法来讨论自然辩证法。卢卡奇的这本捍卫之作为我们重新理解《历史与阶级意识》提供了文本依据。

约翰·里斯（John Rees）在这本书的英文版介绍中指出，这本书至少在三个方面改变了人们对《历史与阶级意识》的传统观点：一是传统观念认为，作为西方马克思主义开创者的卢卡奇最根本的特征就是制造了政党组织理论与社会批判理论（异化、商品拜物教）的分离，但事实并非如此。从物化、异化、商品拜物教等角度讨论《历史与阶级意识》的思想遗产，实际上是对卢卡奇思想主题的背离。二是人们通常认为《历史与阶级意识》时期的卢卡奇还处在早期"激左"阶段或"浪漫地反对资本主义"阶段，但捍卫之作表明，《历史与阶级意识》已经告别了早期阶段，已经对早期"激左"思想进行了反批评。三是卢卡奇捍卫了他的"被赋予的意识"概念。这个概念并不意味着无产阶级阶级意识与政党之间的分离或对立，而是强调了社会历史过程中主体与客体之间的相互作用，强调无产阶级政党走出尾巴主义，发挥历史主动精神，积极介入历史。齐泽克在卢卡奇捍卫之作的"后论"（postface）中指出，卢卡奇的捍卫是对他作为列宁主义哲学家立场的捍卫，卢卡奇并不与列宁主义对立，今天激进左翼事业依然需要汲取卢卡奇的思想遗产。这一切都表明我们不能忽视卢卡奇捍卫之作，不能抛开这本书来研究《历史与阶级意识》。这个文本虽然已经出版数年，算不上什么新材料，但国内学界除了零星的介绍之外，并没有展开充分讨论，消化吸收其理论观点，这不能不说是一个缺陷。单传友的这本著作虽然也没有以卢卡奇的捍卫之作作为研究对象，但消化吸收了这本书的观点，权当抛砖引玉。

第二，运用了新方法。任何理论创新，离不开方法论的创新。不同的研究视角和方法，会形成不同的观点。阿尔都塞在《保卫马克思》中曾指出，马克思走出德意志意识形态的关键是问题结构的转变，是提问方式的转变。没有问题式的转变，就不可能有马克思思想的真正形成。这足见研究方式、研究范式对于科研创新的重要意义。单传友在该著中借鉴了西方诠释学经典诠释的方法。经典诠释强调理解的历史性，任何理解总是受到诠释者前理解的影响。不同的视域会形成不同的理解。经典诠释本质上是一场对话。在这场对话中，文本、作者、诠释者都没有绝对的自主性，文本的意义总是在对话中不断地生成。"问题"在经典诠释中具有优先性，经典诠释的逻辑就是"问—答"的辩证法。经典诠释还具有应用性，任何经典诠释的本质意义都在于将诠释经验转化为实践智慧。

在经典诠释方法论的洗礼下，单传友指出，在诠释《历史与阶级意识》时，我们首先要抛弃回到卢卡奇的幻觉，我们不可能回到真正的卢卡奇，只能基于我们自身的前理解，在与卢卡奇视域融合的过程中，阐发卢卡奇思想的当代意义。其次，经典诠释的对话逻辑要求我们抓住核心问题。该著作指出，在《历史与阶级意识》中有两个核心问题：一是物化批判，二是历史哲学。对这两个核心问题的诠释构成了两条主线，也构成了该著三篇的主体框架，使三个篇章具有了形散而神不散的特征。最后，经典诠释的应用性要求我们基于自身的历史语境阐发文本的当代意义，从文本及其诠释的历史经验中汲取思想营养。这是经典诠释的思想主旨，也是该著的落脚点。

第三，作出了新诠释。该著作从经典诠释的角度讨论了《历史与阶级意识》的问题结构。法兰克福学派和当代西方激进哲学各执一端。法兰克福学派从理性批判的角度阐释了物化问题，将物化批判理解为工具理性批判、生活世界殖民化、承认的遗忘。该著作不仅在历史语境中分析了法兰克福学派物化批判的理论嬗变，而且指出了其规范批判的方法论路径。以齐泽克为代表的当代西方激进哲学则基于卢卡奇的捍卫之作，接续了历史哲学的主题，但该著作指出齐泽克对历史哲学向度的阐释，解构了历史的必然性，将无产阶级的普遍性理解为空洞的普遍性、彻底的否定性。这种诠释具有明显的浪漫主义色彩。

该著作的最后指出，面对国外马克思主义对《历史与阶级意识》的两条诠释路向，我们不能停留在理论评述层面，还应该积极参与这场对话。作者指出，卢卡奇的历史哲学思考的是如何超越物化阶段，如何超越物的依赖基础上的人的独立性阶段，走向人的自由全面发展。关键是无产阶级阶级意识的觉醒，落脚点是无产阶级政党的组织领导，而法兰克福学派和当代西方激进哲学都回避了这个最重要的问题。在作者看来，从理论上说，卢卡奇关于历史哲学的分析无疑是正确的，关于坚定无产阶级政党的领导无疑是正确的。问题的关键在于，我们不能停留在理论分析层面，我们需要做的是在实践层面将马克思主义辩证法具体化。作者从中西早期马克思主义比较的角度出发，指出早期中西马克思主义面对共同的历史境遇，也都受到十月革命精神的鼓舞，中国马克思主义成功的原因在于将马克思主义与中国具体国情结合起来，分析中国特定社会经济结构，采取具体的路线方针政策，组织群众，建立真正的统一战线。虽然囿于研究主题的限制，作者并没有对这个问题展开充分讨论，但中西马克思主义的比较研究路径的确值得深入探讨，我也期待作者能够沿着这个思路继续展开研究。

是为序！

2022 年 7 月 16 日

和自己的儿子同时报考复旦大学

——为陆玉胜①《商谈、法律和社会公正
——哈贝马斯法哲学研究》一书写的序

　　远在山东临沂大学任教的我的博士生陆玉胜来电话告诉我他的博士论文要出版了，并邀我为该著作作序。我真的感到十分高兴。他这个人，以及他的博士论文，留给我的印象实在太深了。我仔细地阅读他发过来那篇经他修改过的博士论文，他在复旦大学攻读博士学位的情景，再次清清楚楚地呈现在我的面前。

　　他是2009年秋季经过激烈的竞争跨进复旦大学就读马克思主义哲学博士学位的。录取他时，导师们是经过一番争论的，因为他的年龄偏大，比一般的考生大出了一大截，另外他的笔试和面试成绩也不算突出。果然，他第一次站在我面前"拜见"我这个导师时，我觉得按照他的"长相"我很难将其与"学生"两个字联系在一起。他告诉我，今年他与他的孩子同时报考复旦大学，他考的是博士，而他的孩子考的是本科，结果他

　　①　陆玉胜，1967年2月生，山东临沭人，2009年9月至2012年7月于复旦大学攻读博士学位，现为山东临沂大学副教授。

考上了而他的孩子没有考上。每年开学，我总要请自己在读的博士研究生一起吃饭，以便让新招收的博士生与其他博士生认识一下。按照惯例，新招收的博士生得向"同门的"博士生敬酒，并要以"师兄""师姐"相称呼。那天，我看到陆玉胜酒是向他们敬了，但望着这些年龄比自己小许多的"同门"博士生，就是张不了口叫"师兄""师姐"。而这些调皮的"同门"博士生，看到他红着脸尴尬地站在那里，拼命地"起哄"，一定要他叫"师兄""师姐"。最后，还是我出面打圆场，帮助他解了围。

实际上，与他相识不久，我就十分看好这个"年长的博士生"。我知道，对他来说，背井离乡来复旦大学攻读博士学位是多么的不容易。他于2005年从华东师范大学获得硕士学位后，回家乡山东临沂大学（当时叫临沂师范学院）任教。在那里他成了家，立了业。如果他是一个安于现状、不堪造就的人，他会在那里平平淡淡地这样过下去。但他尽管表面上兴味索然、蹉跎岁月，可内心世界充满了追求、卓尔不群、外柔中刚。他在那里，一面认真地当好一个老师，一面利用一切时间准备报考博士研究生。而且他暗暗地给自己定下目标，要么不考，要考就必须考上自己心目中最理想的学校。就这样，他在那里整整"潜伏"了四年，到了第五年，他终于如愿以偿，拿到了复旦大学的博士研究生的录取通知书。

他读的是在职博士研究生。为了养家，他没有放弃在原单位的工作，也就是说，他在这里求读的同时，还必须回原单位承担一部分工作。当然，对他来说，这种边读书边工作的生活，确实是十分艰难的。但一个人只要有着远大的志向和坚韧的意志，什么困难都能克服。整整三年的读博期间，他从来也没有在我面前表示过有什么畏难情绪，也从来因有什么困难而向我请过什么假，该上的课他都上，该参加的活动他都参加。

作为陆玉胜的导师，我深深感到带这样的学生太省心了。他十分珍惜来之不易的学习机会，具有高度的学习自觉性。他所有的时间，不是在课堂上听课，就是"泡"在校图书馆或者院资料室。我发觉，他在课堂上听课也特别认真，思想集中，完全让自己沉浸在教师的教学内容之中，教师在讲台上讲授，他在下面认真地思考，虽然他不会一字一句地把教授讲授的东西全部记录下来，但他的眼神和面部表情都清楚地告诉我，我所讲的他都听进去了，而且已形成了与我的沟通与交流。他在复旦大学读博期间，选修了许多教师的课，我们哲学学院的名师的"名牌课"，他几乎听遍了。我看到在本书的"后记"中，他列出了许多教师的名字以表达他的感谢，这些教师的课他都选修过。

他在学业上的优势在进校不久就充分地显示出来了。首先，他原先的理论功底十分扎实，知识面也较宽，在哲学领域，马克思主义哲学、西方哲学和中国哲学他都知晓，而且除了哲学，人文社会科学其他领域他也有一定的知识储备；其次，他有丰富的阅历，他对理论的理解建立在自己对这个社会的切身感受的基础之上，而这一点，其他的博士研究生往往是望尘莫及的；再次，他具有强烈的现实关怀，他不是为了读书而读书，不纯粹是为了拿一个博士学位而跨进了复旦大学的大门，他有着为解决现实问题寻找理论资源的强烈意向；最后，他的学风十分严谨，在理论观点上不会人云我云，喜欢独立思考，他所表达的观点均是他经过深思熟虑的。正因为具有这些优势，所以实际上他进校不久在学业上就已脱颖而出。我看到，他的那些同学，开始时纯粹是由于他年长而对他十分敬重，而到了后来，这种敬重不完全是出于他的年长，而主要是对他的学业的认可。

陆玉胜以哈贝马斯的"法哲学"作为他的博士论文的主题也是顺理成

章的。这一方面出于他对哈贝马斯在当今世界思想领域的重要地位以及哈贝马斯思想进程的认识。正如他指出的，作为一位享誉世界的哲学家和社会学家，哈贝马斯的思想一直受到各国学术界的关注。中国也不例外。自20世纪80年代以来，中国学术界掀起了研究哈贝马斯的热潮，这股热潮至今仍比较高涨。学者们从不同的角度研究哈贝马斯的思想。有的学者结合哈贝马斯的具体著作进行诠释、阐发，譬如研究哈贝马斯的《认识与兴趣》《重建历史唯物主义》《交往行动理论》等；有的学者结合贝马斯的某种思想进行研究，譬如研究哈贝马斯的伦理、道德、交往行动理论、现代性等。陆玉胜本人，也对哈贝马斯作了长达十余年的跟踪研究。他的硕士论文也是研究哈贝马斯的。他原先主要是研究哈贝马斯的交往与商谈理论。在研究中他发现，哈贝马斯已认识到，在晚期资本主义社会，暴力、神话、宗教、形而上学等已经不足以成为维护社会公正的合法和有效方式，法律已成为上面几种因素的替代选项。哈贝马斯已用其商谈理论对法律进行了重构，并以之作为维护社会公正的合法和有效方式。实际上，哈贝马斯已在原先的交往与商谈理论的基础上致力于对法哲学的研究。就这样，陆玉胜也跟着哈贝马斯，即顺着哈贝马斯的思路，在对哈贝马斯的交往和商谈理论有了一定了解的基础上，研究了哈贝马斯的法哲学思想。

陆玉胜之所以以哈贝马斯的"法哲学"作为他的博士论文的主题，另一方面是出于他对正义理论的研究在当今世界的重要性的认识。社会公正问题本来就是人类探讨的永恒主题，而这一问题在当今世界上越来越被人们所关注。陆玉胜认为，在哈贝马斯那里，社会公正问题被转换为政治合法性问题。在晚期资本主义社会，随着神话、宗教神学和形而上学世界观等要素作为维持社会秩序的有效和合法方式的崩塌，法律由背景走向了前台，成为维持社会秩序的必然、唯一选项，所以政治合法性又转换为法律合法性。哈贝马斯考察法律合法性是以法律的事实性与规范性的辩证法为切入点的，而事实性与规范性又与语言哲学是合而为一的。哈贝马斯以法律的事实性和规范性之间的辩证法为切入点来构建其公正社会的大厦：以法律权利为开端，外化为社会与政治，而法律和社会与政治在法律范式中合而为一，进而实现了对最初的权利的高一层次上的复归。在陆玉胜看来，哈贝马斯对公正问题的这一独特的研究，是当今世界关于公正理论的最主要的成果，所以当今探究公正问题，完全可以在哈贝马斯的相关研究的基础上展开。陆玉胜的博士论文正是沿着这一种思路进行的。

应当说，陆玉胜的这篇博士论文写得十分成功。这篇论文既有厚度又有深度。无论是就对哈贝马斯本人的思想体系的研究而言，还是从对正义理论的研究的角度看，这篇论文都有重大的突破。仅对哈贝马斯的思想体系的研究而言，本书起码在如下六点上有重大突破：第一，坚持哈贝马斯法哲学思想的本体论、认识论与方法论的有机统一，而且准确把握其法哲学思想的构成性、语言性；第二，在理解和阐述哈贝马斯的法哲学思想时，明确提出哈贝马斯对其法哲学思想的研究逻辑；第三，在论文阐述中，明确凸显哈贝马斯的法哲学思想由黑格尔转向康德的思想轨迹；第四，论述了哈贝马斯法哲学的交往与商谈基础；第五，紧扣哈贝马斯把社会公正置于合法性这一视角展开论述；第六，在论述哈氏法哲学思想时，以事实性与规范性之间的张力为问题的切入点，而且这种张力被置于普遍语用学的语境之中。

如陆玉胜这样的具有重大理论价值和现实意义的博士论文长期搁着，不公开出版肯定是学术界的损失。现在山东人民出版社决定出版陆玉胜的论文，是做了一件大好事。我相信，这篇论文公开出版以后，一定能引起反响，在学术界产生影响。我也希望陆玉胜在论文公开出版以后，在广泛听取学术界前辈和同人的意见的基础上，作出更加深入的研究。我企盼着！

是为序！

2014 年 5 月 26 日

当好有家庭、有孩子的"少妇高校教师"

——为胡莹①《中国共产党的人民主体观》一书写的序

胡莹是 2014 年秋天从哈尔滨师范大学到复旦大学来读博士后的。将她推荐给我的她的博士生导师向我详细地介绍了她。我知道了她长期研究生态学马克思主义，博士论文写的也是关于这方面的内容。她想在这一领域进一步研究下去，在她的博士生导师的建议下，到复旦大学来深造，并选择我作为她的博士后合作导师。就这样，我与她有了长达十多年的合作与交往。

她在复旦大学的三年，充分展现了她聪明睿智的品格，她自己感觉到，我也觉察到她的学术水准提高很快。可以说，这三年，让她打开了眼界，真正走上了一个高校教师进行理论探索的征途。我除了给她一些必要的专业指导之外，最主要的让她磨炼作为一个理论研究者必须具备的"底气"。

---

① 胡莹，1981 年 3 月生，山东嘉祥人，2014 年 9 月至 2017 年 7 月于复旦大学攻读博士后，现为哈尔滨师范大学副教授。

我记得，我曾经有意识地与她一起回忆和体会马克思在进行理论研究时那种不畏辛苦、攻关夺隘的精神。我自己常常温习的马克思的以下三段话也要她时时作为座右铭来鞭策自己：

"在科学上没有平坦的大道，只有不畏劳苦沿着陡峭山路攀登的人，才有希望达到光辉的顶点。"①

"在科学的入口处，正像在地狱的入口处一样，必须提出这样的要求：这里必须拒绝一切犹豫；这里任何怯懦都无济于事。"②

"我一直在坟墓的边缘徘徊。因此，我不得不利用我还能工作的每时每刻来完成我的著作，为了它，我已经牺牲了我的健康、幸福和家庭。"③

我知道，作为一个有家庭、有孩子的"少妇高校教师"，家务是不少的，面临的生活压力确实很大，要想在学术研究方面真正有所成就，除了必须具有聪明才智之外，坚韧的精神尤其重要。于是我特地用马克思的这三段话来激励她。

她的博士后出站报告的题目是"生态马克思主义对生态社会主义的建构研究"。当今世界上对何谓社会主义有众多的描述，胡莹主要剖析了西方生态马克思主义者对生态社会主义的建构。胡莹的这一出站报告不仅深化了当前学术界对生态马克思主义的研究，而且对世界社会主义的探讨也打开了一个新的天地，所以在出站报告答辩时，受到了与会专家的好评。她也受到了很大的鼓舞。

她从复旦大学返回哈尔滨后，我一直没有中断与她的联系，密切关注

---

① 《马克思恩格斯全集》(第23卷)，人民出版社，1972年，第26页。

② 《马克思恩格斯全集》(第13卷)，人民出版社，1962年，第11页。

③ 《马克思恩格斯全集》(第31卷)，人民出版社，1972年，第543页。

着她的发展。我在几次学术研讨会上，见到了她所在的哈尔滨师范大学马克思主义学院的段虹院长。段院长在我面前对她总赞赏有加，说她不仅课上得好，而且学术研究也抓得很紧。我听后十分高兴，也在我的意料之中。哈尔滨师范大学马克思主义学院的职称竞争非常激烈，而她还是及时地被评上了副教授。

她回到哈尔滨以后不久所发表的一篇文章对我触动很大，也由衷地看好与感激她。上海的《毛泽东邓小平思想研究》杂志发表了复旦大学一个研究马克思主义的教授的一篇文章，这篇文章虽然没点我的名，但明眼人一看是"冲"着我而来的。我研究生态问题有一个众所周知的观点，这就是把环境恶化、生态危机的根源归结为仅仅为利润而生产的不合理的生产方式，即归结为资本逻辑。这个教授不同意我的观点，他强调是人类的生产与工业，即生产逻辑破坏了生态环境，与生态相对立的不是"生产关系"而是生产力本身。作为"陈门弟子"的胡莹看到了复旦大学那个教授的这篇文章后，当即写了一篇题为"生态危机视域下的生产与资本"的文章，对这一教授的观点进行了反驳，投给《毛泽东邓小平思想研究》杂志。该杂志的编辑把胡莹的文章的观点"磨平"了些发表了出来。

我常常说，作为教师最大的财富可能就是自己的学生，对此，我在胡莹身上体会得特别深刻。哈尔滨与上海地理距离确实相隔很远，但我和我的夫人与胡莹的心理距离却相隔甚近。胡莹平时对我们的关心真正做到了体贴入微。她每隔几天就给我们电话或发微信，嘘寒问暖，知冷着热。她还专门把我们请到哈尔滨去避暑、休养，看到她忙前忙后，顾这顾那的样子，真感到比自己的子女还亲。我夫人经常为自己这辈子没有女儿而遗憾，实际上，有了胡莹这样的女学生，早已弥补了这一不足。

作为一个高校的政治课教师，其理论研究领域是不能长期禁锢在一个比较狭小的专业范围内的，其理论研究应当与其政治课教学内容大致相一致。在这一点上，胡莹本人比较早地有了清醒的认识。她从复旦大学回到哈尔滨师范大学以后的一段时间，她还是执着、专注地研究生态马克思主义。过后不久，她就与我诉说，这样研究下去总感到十分别扭。她想跳出现在的研究领域，扩大自己的研究范围，逐步地把研究的重心放到主流意识形态上去，让自己的研究内容与自己的教学内容融合在一起，与此同时，也不完全放弃原来对生态马克思主义的研究，但必须注重把自己原有的研究成果转化为自己的教学内容。我觉得她的这一想法完全走在正路上，充分表达了一个高校政治课教师的责任心和使命感。我对她的这一决定表示完全支持。

但是主流意识形态的范围宽广，是不可能把所有的内容都纳入自己的研究范围的，总要有先有后，有所侧重。而为了能够让自己尽快地进入研究的状态，尽快地形成自己的研究特色，尽快地推出自己的研究成果，必须找准研究的突破口。胡莹对此又进行了认真的思考，最后她决定首先研究"中国共产党的人民主体观"，也就是说，她决定自己在今后相当长一段时间里将把"中国共产党的人民主体观"作为自己的理论研究主攻方向。我认为，她的这一研究方向选得好、选得准。人民主体观生发于马克思主义的唯物史观，又与中国的社会现实紧密相连，在民主革命时期曾是中国共产党人赢得胜利的法宝，在当今的社会主义现代化建设时期，中国共产党同样离不开它。对这一理论，似乎人人都能讲上几句，但真正在理论上说清楚、说明白着实还不多。我对胡莹说，只要真正认识到了自己从事的这一研究大有意义，领悟到把自己的精力付诸于此是值得的，再加上舍得下苦功夫，方法对头，那就一定能够结出丰硕的成果。果然，经过几年的努力，她的研究已初见成效。这一部题为"中国共产党的人民主体观"的著作的形成就是一个标志。

胡莹的这一著作，以"中国共产党的人民主体观"为研究主题，以主体性视角阐述中国共产党带领全国人民在百年奋斗历程中，以马克思主义理论和中国特色社会主义理论体系为指导思想，以共产主义理想为最终目标，满足人民的需求、维护人民的利益，追求人民的自由全面发展，阐明中国特色社会主义的建设实践是实现人民主体力量的现实道路。

具体地说，胡莹的这一著作首先阐述了中国共产党的人民主体思想的理论来源。这里着重剖析了中国共产党对马克思和恩格斯主体思想的继承与发展，对马克思的哲学与主体性的关系和共产主义与主体性的关系，都进行了有一定深度的论述，并在此基础上论证了中国特色社会主义建设，是在特定社会历史条件下践行人民主体性的现实道路。这里还探讨了中国共产党对西方人本主义马克思主义主体思想的借鉴与审思，她通过对什么是人的探索，即探索了人是理性主义与非理性主义的完整存在、人是宏观建制与微观建构的多维存在、人是个体主体与群体主体的统一存在，得出结论全过程民主是践行人民主体性的制度保障。

其次，胡莹的这一著作厘清了中国共产党人民主体观的发展历程。她提出，中国共产党在新民主主义革命时期实施的是"人民的社会主体观"，中国共产党领导全国人民创造了新民主主义革命的伟大成就，构筑实现人民主体性的根本社会保障；中国共产党在社会主义革命和建设时期实施的是"人民的政治主体观"，中国共产党领导全国人民进行社会主义革命、推进社会主义建设，构建实现人民主体性的根本政治保障；中国共产党在改革开放时期实施的是"人民的经济主体观",中国共产党领导全国人民创造改革开放的伟大成就,创建实现人民主体性的根本经济保障;中国共产党在新时代实施的是"人民的文化主体观",中国共产党领导全国人民朝着实现中华民族伟大复兴的宏伟目标继续前进。对"人民主体观"在不同的历史时期作这样的划分,当然还有待于作出清楚、正确的说明,但她在这里确实有些论述是非常有创意的

胡莹的这一著作再次探讨了中国共产党人民主体观的理论内涵和精神特质。她把中国共产党人民主体观的理论内涵归纳为:多维统一的认识主体、马克思主义中国化的中国特色社会主义建设主体、新时代中国特色社会主义文化的辩证主体、自由而全面发展的共产主义实践主体。她揭示出中国共产党人民主体观的精神特质是:追求人民的根本利益,满足人民的需要,实现人民的自由全面发展。她认为,主体实践活动的性质、方向、程度和影响,决定主体性的实现程度。党领导人民开展中国特色社会主义建设的范围越广泛、程度越深入,越利于人民自由而全面的发展。

胡莹的这一著作最后还揭示了中国共产党人民主体观的理论贡献和现实启示。在她看来,中国共产党人民主体观的理论贡献是:继承和发展马克思和恩格斯的人学思想,将西方人本主义马克思主义的人学思想现实化、时代化和具体化,立足新时代弘扬中华优秀传统文化。中国共产党人民主体观的现实启示是:指导中国共产党取得第一个百年奋斗的伟大成就,指引中国共产党赢得第二个百年征程的伟大胜利,提升中国共产党的主体领导力量,增强中国人民的主体承担力量。

现在国内学术界研究人民主体观的论文、著作很多。应当说,这一著作还是有其一席之地。比较一下,胡莹的这一著作有着自己的独到和创新之处:

第一，它的研究视角比较新颖：以主体视角解读实践唯物主义，立足实践把握马克思主义理论体系，以批判和革命精神梳理马克思主义的主体思想，以主体视角阐释共产主义理想对主体意识的构筑和共产主义运动对主体力量的构建，以主体视角阐述中国特色社会主义是践行人民主体力量的现实道路；以主体视角解读西方人本主义马克思主义的人学思想，阐明我国全过程民主为实现人民的全面主体性提供制度保障；以主体视角阐述中国共产党在新民主主义革命时期、社会主义革命和建设时期、改革开放时期、新时代中国特色社会主义建设时期领导全国人民实现人民的社会、政治、经济和文化的主体力量；以主体视角从认识论、实践观、方法论和历史观维度构建中国共产党的人民主体观。

第二，它的研究方法比较独特：它以宏观叙事和微观研究相结合的方法，解读中国共产党人民主体观的马克思主义哲学思想指导、共产主义理想的意识构建、西方人本主义马克思主义的思想借鉴、中华优秀传统文化的继承弘扬、中国特色社会主义道路的现实践行。

第三，它的观点也不乏创新之处，起码对人民主体观的以下两点判断是属于创见：人民主体观是习近平新时代中国特色社会主义思想体系的核心观点；人民主体观与解放思想、实事求是、与时俱进和科学发展观是一脉相承的马克思主义中国化理论体系的思想精髓。

以上是我初读胡莹的这一著作后所得到的一些收获。举贤不避亲，我郑重地向读者推荐这一著作。

是为序！

2022 年 8 月 22 日

和小宝宝同时来到这个世界上的是
博士后出站报告

——为温晓春①《安德烈·高兹中晚期生态马克思主义思想研究》一书写的序

　　2013 年底的一个晚上，中共上海市委党校的黄力之教授打电话给我告知，我的博士生、上海理工大学的讲师温晓春的著作《安德烈·高兹中晚期生态马克思主义思想研究》已终审通过获得上海市马克思主义著作出版基金资助。获知后，我当然感到十分欣喜，上海的马克思主义著作出版基金运作已多年，前几年我参加过评审，知道入选的难度越来越大，温晓春的著作能够脱颖而出，着实不易。但说实话，我并不感到非常意外，我原先就非常看好温晓春，也非常看好她的这一由博士论文改写而成的著作，应当说，她的这一著作的入选也在情理之中。

　　温晓春是个东北姑娘，豪爽豁达、大大咧咧、风风火火、风流倜傥、眼明手快、秀外慧中。记得她第一年报考复旦大学的马克思主义哲学博士研究生，名落孙山，没有考上。她的父亲不知从哪里打听到了我家中的电

　　① 温晓春,1978 年 4 月生,辽宁海城人,2007 年 9 月至 2010 年 7 月于复旦大学攻读博士学位,现为上海理工大学副教授。

话号码，与我通了近一个小时的电话。我知道了这个慈祥的老人对自己的女儿既充满着爱，又寄予无限的希望。他告诉我，他的女儿从小就好强，而且酷爱哲学，为了能够考上复旦大学，她付出了极大的努力。现在得知没有录取，精神上有点儿失控。我马上要他转告温晓春，千万不要灰心，一两次考不上是正常的，只要持之以恒，总能成功。果然功夫不负有心人，又经过两年的奋斗，她终于实现了成为复旦大学马克思主义哲学学科的博士研究生的梦想。

可能她自知这次攻读博士学位的机会实在来之不易，更可能她本来就上进心强且性格坚韧，她在复旦这三年的学习非常刻苦，表现出了一种苦心孤诣、锲而不舍的精神。无论是在课堂上听老师授课，还是在宿舍和图书馆里自习，她都要比其他同学更加专注、认真。应当说，经过这三年的学习，她的进步是飞快的。到她读博的第三年，我发现她的知识面与理论功底已"不输于"任何同学。

她选择法国的生态马克思主义理论家高兹作为自己博士论文的主题，可能与我当时正在研究生态马克思主义相关。博士研究生追随自己的导师，以导师的研究方向作为自己的研究方向，这是导师最求之不得的事情。我深知研究生态马克思主义在当今之意义重大，我也深知高兹在生态马克思主义者中的地位，把握了高兹的理论也等于通晓了整个生态马克思主义。但在当时，生态马克思主义的现成研究成果寥寥，即使是如高兹这样的大家，不要说没有一部研究专著，就是研究论文也不多见，高兹这么多的名著竟没有一部译成中文出现。我当时确实有点儿担心，在这种情况下，温晓春能否把博士论文写出来。最后，结果表明我的这种担心是完全多余的，她不但如期完成了论文，而且在论文答辩时受到了好评，她的论文被答辩导师评为优等。

拿到博士学位以后，一方面她出于一时还找不到理想、合适的工作岗位，另一方面她可能让自己的学术水准更上一个台阶，她投奔于著名教授童世骏的门下，成了华东师范大学的博士后。当时她已嫁人，并怀有身孕。我又有点儿担心，她能否顺利地完成博士后的出站报告。两年时间过去了，她的小宝宝来到了这个世界上，而她的博士后出站报告也交到了童教授的案头上。童教授邀我参加她的出站报告的评审。我发觉她的出站报告研究的还是高兹，但显然比起她的博士论文，出站报告对高兹的研究无论是从深度上还是广度上，都大大向前跨了一步。应当说，这两年博士后的研究生涯，在童教授的指点下，她再次实现了自己的飞跃。

最使我感动的是她走上工作岗位以后的状态。被上海理工大学录用以后，她全身心地投入了工作。她在学校要上四五门课，这些课对她来说全是新课，讲课内容得从头备起，家中有一位嗷嗷待哺的宝贵儿子，作为母亲的她必须悉心照料，还得挤出时间进行学术研究，她对我所说的在高校工作没有学术成果是站不住脚的这一观点牢记在心。她每天五六点起身，一方面为孩子准备吃的、穿的，另一方面浏览讲稿。七点出门往学校赶。往往上午与下午都有课，在中午和课余时间处理学校安排的一些行政事务。下午上完课以最快的速度往家里赶，忙晚饭，忙照顾孩子。一直忙到晚上九点多，孩子入睡了，她才坐到写字台旁，或者准备第二天的课，或者看书写学术文章。不到深夜她是不会睡觉的。睡上四五个小时她又得起床了，开始新的一天的紧张生活。这就是她一天的工作与生活的时间表。她每隔一段时间，总要专程到我的家里来向我诉说一下她的生活与工作。我常常问她一直处于这样的状态累吗？厌吗？她总是回答我说，不累，感到很充实。我从她身上感受到了一种对生活、对工作强烈的挚爱，正因为她热爱生活、热爱工作，所以再苦再累她也乐在其中。

有付出必有收获。只有几年的时间，她在事业和家庭上都取得了成功。首先，在事业上她在高校站稳了脚，几门课都"拿"下来了，从上海理工大学不断传过来信息，她的课上得不错，与此同时，她还不断有学术成果推出，每年发表几篇文章，对博士论文的修改也已完成。其次，对家庭她经营得井井有条，她的儿子健康、活泼、可爱，她经常在微信中把自己儿子的照片"刷"出来加以"炫耀"，她与老公恩爱有加、比翼双飞，不仅购买了住房，而且不是一套而是两套。我作为一个教师，一生最宝贵的财富就是自己培养的学生。这些博士生、硕士生即使已毕业离开了，我也时常为他们牵肠挂肚。应当说，在我所有的学生中，温晓春是我最省心的中间的一位。

最后再回到她的这一著作说几句。最近我反复阅读了她的书稿，感到她对高兹的研究目前在国内还处于前沿的地位。"举贤不避亲"，我郑重地推荐温晓春研究高兹、研究生态马克思主义的这一成果。

温晓春的这一著作，以平实的语言，透过对高兹作品的阐释，介绍了高兹的家庭背景、童年和青年时期及其中晚期的生态马克思主义思想。从他童年时期身份上的虚无感，到他如何开始努力从存在主义哲学中寻找自我和消除虚无感，成为萨特的忠实的追随者；再到他如何建构起资本主义社会的生态马克思主义批判逻辑和范式，在批评传统马克思主义的基础上重申导向自由和解放的策略；再到他如何用生态马克思主义范式对当代马克思主义理论家和左派政治运动产生实际影响，作者都作出了细致的交代。本书按照高兹著作写作的时间顺序又结合其所关注的时代问题，一步一步地讲述并评论了高兹整个思想的发展轨迹，尤其是他中晚期生态马克思主义的思想发展过程，而对于高兹晚期思想，至今在国内尚无人涉猎。

这本书难能可贵之处有以下四点：

第一，该书不是孤立地评价高兹的思想，而是把高兹放置于当时的时代背景、社会现实、政治思潮中，通过比较，确定高兹思想的来源、形成脉络，以及他比同代人的同类思想高明在何处。特别是该书与马克思主义理论加以比较，论述了高兹的理论在何种意义上进行了更新，在哪些方面根本没有超越马克思。

第二，作者没有像思想地图的制作者那样，将高兹的全部思想作一个巨细无遗的梳理，而是在一个总体的和全景的视角下把握高兹及其思想脉络。该书从始至终以资本、生态与自由的逻辑线索和轴心展开对文本的解读。在此基础上，大体勾勒出了高兹的思想演进的哲学—政治经济学—政治生态学的基本序列；同时，在深入研究当代生态马克思主义经典原著，以及参考当代马克思主义的资本主义政治经济学批判研究的重要学术文章和著作的基础上，形成了一个基本的马克思—高兹和高兹—当代生态马克思主义的双重对话平台。于是，卓有成效地避免了陷入文本的泥潭和被文本本身的逻辑跳跃带散主题，没有偏离研究的焦点。

第三，该书主要的着眼点放在高兹中晚期生态马克思主义思想研究的相关理论，是在循着高兹思想发展的轨迹，对其进行全程研究的基础上侧重于他的中后期思想的解读的。在这样一个基调之上，对高兹中后期思想著作进行了深入细致的考察后，从总体上对高兹思想发展和转折的逻辑脉络有了清晰的把握，探寻出高兹的生态马克思主义思想在当今马克思主义研究视域中的理论价值和现实意义。做到了从历史唯物主义的基地出发，最后又能够重新回到历史唯物主义的基地上来，对当代历史唯物主义的更新作出了初步的尝试。故而，对于国内高兹研究中存在的研究切入角度纷杂，缺少争论和对话的共同理解这样的状况，有一定的斧正作用，并且有利于对高兹思想的全面、深刻把握。在通向真正理解高兹思想及其对于马克思主义的理论价值和现实价值研究的漫长而艰难的路途上，这本著作能够成为一块垫脚石。

第四，在该书中关于高兹的生态马克思主义一些基本思想的解读有一定的新意，与迄今为止国内外大多数学者的理解有所不同。例如，高兹提出的政治生态学思想，作者通过一些相关资料的研读，以及对高兹思想逻辑转变的梳理之后，将其阐释为一种由生态学内部生发出来的一种方法，更确切地说是内含着政治意蕴的一种生态和谐的生存方式。同时，指出高兹的政治生态学是新工人阶级以此种生存方式为宗旨发起推翻资本主义社会的全方位的文化革命。在本书中，作者并没有把高兹的生态马克思主义思想全盘加以理想化，而是对他进行了较为客观的、实事求是的剖析。她在书中运用一定的笔墨来揭示了高兹中晚期生态马克思主义思想上的历史局限性和阶级局限性。

当然温晓春的这一著作也有许多明显的不足之处，这一著作只是她的处女作。我切望国内的专家学者、同人能对她的这一著作提出各种批评意见，使她对高兹的研究，对生态马克思主义的研究进入一个新的境界，推出更成熟、更有水准的研究成果，使她在学术研究的道路上迈出更坚定的步伐。在这里，我本人，也代表她，表示衷心的感谢！

是为序！

2014 年 8 月 26 日

瘦小的身躯里隐藏着巨大的能量

——为陈瑞丰①《对分课堂之高校思想政治理论课》一书写的序

陈瑞丰邀我给她与她的同道一起写的以"高校思想政治理论课的对分课堂"为拗口书名的著作写一序言，我稍加考虑就答应了。之所以如此，是有缘由的。

首先，出于对作为第一作者陈瑞丰的赏识。前几年，在我给博士生开设的"西方马克思主义前沿问题研究"的课堂上，发现坐着一位端庄大方的中年女性。她那么专心致志，引起了我的注意。我与她一交谈才知道，她叫陈瑞丰，是上海电机学院的思想政治理论课教师，慕名而来听我的课。我对她说，你这样"名不正言不顺"的，干脆到我们这里来当访问学者算了。于是，她随即真的办了手续当了复旦大学的访问学者，我则成了她在复旦大学的联系导师。我后来才知道，她在复旦大学当访问学者的同时，又考上了上海财经大学的博士研究生，导师是我的学生马拥军。这

---

① 陈瑞丰，1970 年 11 月生，安徽六安人，2013 年 9 月至 2015 年 7 月复旦大学当访问学者，现为上海电机学院副教授。

样，我就目睹了她"艰苦卓绝"的生活：作为上海电机学院的一名在职教师，她在本单位的教学等工作量必须完成；作为复旦大学的访问学者和上海财经大学的博士研究生，所有的课程她不能落下；作为自己的女儿马上要高考的家庭主妇，她承担着一大堆的家务。她家住在上海最西南的闵行，复旦大学与上海财经大学处于上海的东北角，而她的单位上海电机学院则远在上海浦东的洋山深水港——临江新城。她每天就在这三个地方之间来回奔波着，路上所花的时间不少于四小时，早上五点之前起床，晚上不到十二点不睡觉。令我感到惊奇的是，在这样一种忙碌紧张状态下她还不时地拿出一些自己所写的文章让我看，让我提出修改意见。我瞧着她那瘦小的身躯，无法想象竟隐藏着如此巨大的能量，能承受如此巨大的压力。现在她又把这样一部数十万字的书稿放在我面前，我竟然不由自主地这样问她：这是你写的吗？你哪有这么多的时间写书？我实在太佩服她了。面对这样一位用自己的全部能量追求学问与真理的知识女性，我没有理由拒绝为她的著作写一序言的小小要求。

其次，我想表达对思想政治课教师这一群体的敬意。本书的四位作者，陈瑞丰、黄莺、韩秀婷、本志红都是高校思想政治理论课的教师。本书的第一章陈述了高校思想政治理论课的现实困境，我认为这些困境是客观存在的。我要强调的是，实际上，目前高校的思想政治理论课还没有从这一困境中走出来。我认为，处在这样一种困境下，当个思想政治理论课教师是多么不容易！党和国家希望把思想政治理论课办成坚持社会主义办学方向的重要阵地；全面贯彻落实党的教育方针，培养中国特色社会主义事业合格建设者和可靠接班人，落实立德树人根本任务的主干渠道；进行社会主义核心价值观教育、帮助大学生树立正确世界观人生观价值观的核心课程。他们因此而肩负着重要职责。但是现实告诉他们，他们要承担起这一职责是勉为其难的。本书作者不仅从"表层"而且从"深层"对这些为难之处作出了分析。我在这里也强调几点：

其一，现在是一个价值多元化的时代，而且这种多元化已作为一种常态被人们广泛认可，在这种情况下，力图把一种价值观作为核心价值观在课堂上向我们的学生传授，确实至当不易。

其二，改革开放以来，我国的经济基础、生产关系已发生了重大变化，思想政治理论课教师在课堂上传播的那些价值观念、思想观点有些是与我们现行的经济关系不相一致的，也就是说，他们要弘扬的那些价值观念、思想观点在我国现行的经济关系中得不到完全的验证和支撑。面对这样一种态势，要我们的思想政治理论课教师把相应的价值观念、思想观点令人信服地阐述清楚，确实心有余而力不足。

其三，作为一种向上的、进步的人生观价值观世界观，绝不能仅仅停留在口头上，而是应当付诸行动，特别是那些政治精英应当带头身体力行，起一种引领和榜样的作用，但是从已经揭露出来的一些贪官污吏的罪恶行径来看，他们表里不一，他们平时所宣扬的那一套仅仅是口头上的，实际上他们内心也并不认可。缺少这些政治精英的示范效应，我们的思想政治理论课教师在课堂上的"说教"往往显得苍白无力。按照我与这些思想政治理论课教师的相处，按照我对他们的了解，他们面对所有这些重重困难，并没有退却，而是顽强地坚持下来了。他们不但守住了高校思想政治理论课这一宝贵的阵地，而且还有声有色地做了一系列的事情。他们执着于"高大上"的理论贴近实际、贴近生活、贴近学生，执着于大学生的成长和马克思主义在高等学校意识形态领域的指导地位，执着于思政课真正成为大学生真心喜爱、终身受益、毕生难忘的优秀课程，也执着于他们自身的成长和"师"者的价值。我的许多学生与朋友都是高校思想政治理论课的教师，我深知他们其中的甘苦和所受的委屈。他们的付出与所得到的是完全不成比例的。为了表达对他们的敬意，我也要把为本书写序这一工作接受下来。

最后，为了推崇本书所阐述的学术成果。严格地说，本书不是一部理论著作，而是对教学实践的经验总结，特别是在方法论上的总结。为了上好高校的思想政治理论课，这些教师可谓是煞费苦心，全心全意。她们除了在教学内容上做足文章之外，还着重在教学方法上加以探讨。2016年初，她们在张学新教授的指导下组建了"对分课堂教学指南丛书思政课分册团队"，开始了对一种称之为"分课堂"的教学方法的实践和研究。所谓"分课堂"，按照我的理解其实就是改变以往那种由教师从头讲到底的"一言堂"的教学模式，而是把课堂教学时间分给学生，把教学模式变成由教师与学生共同探讨。经过一年多的研究与实践，她们认为把这种"分课堂"的教学模式运用于思想政治理论课是有效的、成功的。她们认为，把如何将对分课堂的现有研究从个案的感性认识阶段上升到系统的理论研究阶段，并在这个基础上给予一线教师从操作技能到教学理念的帮助和提升，就显得十分必要和迫切，这既是对分课堂在与思想政治理论课结合过程中自身理论发展的内在需要，也是对分课堂模式在思想政治理论课教学中进一步推广的现实要求。出于这样一种考虑，她们就在较短的时间内写出了这样一本书。

通读整部著作，我深深地感到，她们做了一件极有意义的工作，而且做得非常成功。她们既介绍了思政课对分课堂模式改革的缘由和最初实践，又系统介绍了思政课对分课堂的具体实操，还从学生的收获、教师的收获、对分课堂模式的价值和意义三个方面概括了思政课对分课堂的实效，总结了思政课对分课堂的进步之处，分享了经验，反思了不足，给出了进一步的应对策略。

透过本书我们真切地看到，这四位女教师在"加强教学方法的研究，优化教学手段"的路途上，辛勤地耕耘、不懈地求索。她们进行过启发式、讨论式、情境式、案例式、研究式等多种教学方法改革，尽管有收获和付出不成比例的困惑和焦虑，有事倍功半的无奈和辛酸，但是在"追梦"的行程上她们从不懈怠。

我们也可以通过本书分享这四位女教师的成功的喜悦：在"对分"的指导下，课堂渐渐充满活力，学生在改变，课堂在改变，她们自己也在改变。呈现在她们面前的是一个个个性鲜明、活力四射的学生！他们有思想、有激情，他们努力、奋进，他们愿意拼搏、敢于拼搏！与此同时，分课堂也激活了"师"者为"师"的灵感，为师者既"仰望星空"，也"脚踏实地"。作为教师，作为思想政治理论课的教师，越来越感觉到自己工作的崇高，越来越甘心把自己的全部生命投在这三尺讲台。

面对这一建立在鲜活的教学实践基础上的学术成果，我没有理由不为之鼓与呼！我郑重呼吁学界，特别是思想政治理论教育界的专家学者，关注与支持她们的研究与实践！

是为序！

2016 年 10 月 26 日

只要选对方向并坚持不懈总有收获

——为程恩慧①《当代法国马克思主义哲学家巴里巴尔思想研究》一书写的序

　　一个人做人与做学问往往是相通的。程恩慧为人正直、诚恳，相应地，他做学问也是那么执着、踏实。这一部题为"当代法国马克思主义哲学家巴里巴尔思想研究"的著作，从他进入复旦大学攻读硕士学位算起，他整整花了十多年时间才最终推出来。十年磨一剑，他在这一著作上所花的功夫恐怕十年也不止了。今天，我手捧着他的书稿，内心是很不平静的，在我眼前浮现的不仅是他在复旦大学读硕、读博期间手不释卷、全心问学的情景，更有他走上工作岗位，成为上海理工大学的一名政治课教师以后，他工作、家务等重担压肩，仍然坚持然获读书，见缝插针地钻研学问的一幅幅画面。

　　我们从事哲学社会科学研究的人都知道，搞学问，关键是要选对方向。也就是说，必须把自己的功力花在最有意义、最能发挥自己的特长，

---

① 程恩慧，1990 年 3 月生，河南民权人，2013 年至 2016 年 6 月于复旦大学攻读硕士学位，2016 年 9 月至 2019 年 7 月于复旦大学攻读博士学位，现为上海理工大学讲师。

也最能够推出成果的方向上。程恩慧在考上博士研究生与我这个导师商谈研究方向时，他执意要研究法国马克思主义，研究法国马克思主义中的阿尔都塞学派，研究阿尔都塞学派中的巴里巴尔，我当时是犹豫再三的。经过相当长一个时间的思考和观察以后，我才表示全力支持。

我现在越来越觉得，程恩慧倾注全力研究法国马克思主义，研究阿尔都塞学派，研究巴里巴尔，是有远见的，也是值得的。在整个当代西方马克思主义中，当代法国马克思主义有其特殊的地位。法国历来有激进主义的传统，马克思主义在法国有着深厚的根基。20世纪著名的学生和各界人士的反抗资本主义的"五月风暴"就发生在法国。苏东剧变以后，马克思主义陷于低潮。后来正是在1995年9月27日至9月30日在法国巴黎召开的"国际马克思大会"的推动下，在整个西方世界掀起了"复兴马克思"的热潮。在一定意义上，把握了当代法国马克思主义的趋向，也就等于知晓了整个当代西方世界的马克思主义的大致走向。

当代法国马克思主义流派林立，代表人物众多，而无疑其中的阿尔都塞学派是最有影响的。阿尔都塞及其他所领衔的学派，不仅在法国，而且在整个西方世界，甚至在我们中国，都产生着重大影响。有人甚至这样说，要研究当代西方马克思主义，实际上除了研究卢卡奇等几位早期代表人物之外，只要抓住法兰克福学派和阿尔都塞学派就够了。在某种意义上，不了解阿尔都塞学派，就等于不了解整个当代法国马克思主义，甚至整个当代西方马克思主义。

而在阿尔都塞学派中，他的学生巴里巴尔有其特殊的地位。研究阿尔都塞学派，当然首先应当研究阿尔都塞本人，除此之外，就应当研究巴里巴尔。巴里巴尔只有23岁时，他与其他几个学生一起参加了他们的老师阿尔都塞组织的《资本论》读书小组,后来就出版了《读〈资本论〉》这本对国内外学界都影响深远的著作。然而国内外学界流传甚广的版本却并不是1965 年的原版,而是后来的删减版,也就是只有阿尔都塞和巴里巴尔的版本,这个版本也是我们国内学界用的版本。巴里巴尔的名声也就是从那个时候开始传开的,后来阿尔都塞遭到了学生们的理论反叛,巴里巴尔也一直是那个最为坚定的拥护者。这也就形成了国内学界对巴里巴尔的两大理论印象:"阿尔都塞《读〈资本论〉》的主要合著者""阿尔都塞最忠实的学生"。巴里巴尔与他的老师一起推出《读〈资本论〉》的 1965 年至今已有半个世纪了,他一方面坚定地捍卫着他老师的声誉,另一方面又不断地推进和发展着他老师的思想。至今他依然活跃在国际学术舞台上,不断地做出新的理论贡献,构建着自己的理论体系,与当代西方左翼其他思想家进行着思想争鸣。可以说,巴里巴尔代表着阿尔都塞学派的最新理论发展。

正因为如此,研究当代西方马克思主义,不集中于研究当代法国马克思主义,就不得要领;研究法国马克思主义,不研究阿尔都塞学派,则是管中窥豹;研究阿尔都塞学派,不从阿尔都塞延伸至巴里巴尔,更是浮光掠影。程恩慧沿着当代西方马克思主义—当代法国马克思主义—阿尔都塞学派—巴里巴尔的思路,展开自己的全部学术研究,是恰当的。

只要思路正确,再加上付出辛勤的努力,总能获得成果。举贤不避亲,我有有把握地说,这一著作代表了目前国内研究巴里巴尔的最高学术成果。而就研究当代西方马克思主义、研究法国马克思主义而言,特别是就研究阿尔都塞学派而言,这一著作也有着举足轻重的地位。

只要稍微浏览一下,不难发现这一著作起码在以下若干方面会给人留下深刻的印象:

其一，阐释基于外文原著。这本书的一大创新点是其参考了较多的外文文献，这些文献目前大部分并没有中文译本，甚至没有英文译本。《平等自由》（*La proposition de l'égalibertè*）有英文译本，《暴力与文明》（*Violence et Civilitè*）有部分英文译本，《普遍性》（或多种普遍性）（*Des Universels*）作者使用的则是法文本，此外还有英文本《大众、阶级、理念》（*Masses, Classes, Ideas*）。在博士论文基础上修改后的书稿亦补充了新的外文参考文献，特别是思想争鸣部分，如法文期刊《今日马克思》（*Actuel Marx*）。基于这些外文文献，作者分析了复合词"平等自由"及其三角结构、超客观暴力与超主观暴力、暴力与文明等巴里巴尔提出的新思想，使得这本书具有较高的译介价值。

其二，是对巴里巴尔思想的整体介绍。安德烈·托塞尔（Andrè Tosel）将巴里巴尔的思想分为三个时期期：阿尔都塞时期（1965—1979）、第一次理论转向时期（1979—1992）、第二次理论转向时期（1992—至今）。这本书涉及了其思想发展的三个时期，时间跨度约为半个世纪，是对巴里巴尔思想体系的整体介绍。原博士论文《巴里巴尔政治哲学研究》主要聚焦于巴里巴尔两次理论转向时期，特别是第二次理论时期的思想，修改后的书稿补充了其阿尔都塞时期的思想，阐释了其思想三期发展的完整体系。

其三，梳理了巴里巴尔与阿尔都塞的理论关系。我们经常说巴里巴尔是阿尔都塞最忠实的学生，但是却对其究竟在哪些思想点上继承了阿尔都塞语焉不详。作者将巴里巴尔区分为学徒期和成熟期，不仅梳理了学徒期主要概念对阿尔都塞的追随，也指出了其成熟期中阿尔都塞的影子。在承认阿尔都塞光环合法性的同时，又构造出了一个具有成熟思想体系的巴里巴尔，对我们正确认识巴里巴尔和阿尔都塞学派都具有一定参考价值。

其四，运用了理论逻辑统摄历史逻辑的写法。这本书大致遵循了托塞尔对巴里巴尔思想三个时期的划分，但又不完全拘泥于具体的时间点，而是试图在基本遵循历史发展顺序的同时构建出完整的思想体系。不是面面俱到地介绍其著作思想，而是紧紧抓住影响其后续思想发展的关键概念，进而串联起思想总体的逻辑主线，这种用理论逻辑统摄历史逻辑的写作方式是这本书的一大特色。

比如，在阿尔都塞时期，作者选择了生产方式和阶级意识两个对巴里巴尔后续思想影响最大的两个概念，而没有选择面面俱到地分析其在《历史唯物主义五论》《无产阶级专政》等著作中分析的所有历史唯物主义概念。平等自由的章节，如果严格按照上面这个时间划分就属于第二次理论转向时期，但从逻辑上来讲却是第一次理论转向的逻辑终点，作者就将其与第一次理论转向放在一起论述了。这样做虽然没有严格遵循托塞尔的时期划分，但却在逻辑上更为顺畅了。

其五，在纵横坐标轴中分析评价。作者将前面对巴里巴尔三期思想发展的论述归结为纵向坐标轴，思想争鸣部分则是其横向坐标轴。不仅仅就巴里巴尔谈巴里巴尔，还要将其放到更宽广的法国马克思主义整体、当代西方左翼整体的理论视域中去考察。巴里巴尔与巴迪欧、朗西埃、比岱、齐泽克、奈格里的理论证明不仅对我们更好地认识巴里巴尔提供了一个新的视角，实际上也为我们理解法国马克思主义整体、当代西方左翼提供了一个新的视角。

其六，揭示了对当下中国的启示意义。巴里巴尔的思想有着浓厚的欧洲视角，其对民族、种族、阶级、暴力问题的关注直指欧洲的社会问题，对平等自由的三角结构分析直指西方民主的虚伪本质。"不要因为走得太远，而忘记为什么要出发"，对西方马克思主义人物的研究不是为了研究而研究，而是要始终立足社会主义中国的发展。当今世界正经历百年未有之大变局，正确认识世界同样有利于走好中国自己的路。

当然，这一著作作为程恩慧的处女作，稚嫩、不当、肤浅之处，随处可见。切望程恩慧在著作出版后认真听取读者的批评和建议，作出进一步的修改。

是为序！

2022 年 6 月 22 日

对为什么必然走向共产主义誓要彻底弄明白的女博士

——为李健①《21世纪以来西方左翼学者对共产主义发展态势的理论研究》一书写的序

　　自苏东剧变，福山推出《历史的终结和最后的人》一书狂呼"马克思主义死亡了，共产主义死亡了"以来，确实在学术界已经很少有人专注于研究共产主义理论了，从而也很少看到有论述共产主义的新书出版。据说，有关部门对这方面的著作的出版审核特别严格，即使有学者写出了涉及共产主义理论方面的著作，也很难通过审核这一关，其中原因不得而知。"物以稀为贵"，正因为如此，这一部论述共产主义理论的著作的问世，格外令人喜出望外，更何况其作者是一名年轻的大学政治课女教师。

　　2014年秋天，我招收了一个来自山东泰安名叫李健的女博士研究生。第一次与她的正式谈话，按照惯例，我首先询问她在研究方向上有何打算。她不假思索地回答我说，准备研究马克思主义的共产主义理论，并且一口气向我陈述了理由。原来来复旦大学读博士学位的前夕，她加入了中

---

　　① 李健，1987年11月生，山东泰安人，2014年9月至2017年7月于复旦大学攻读博士学位，现为复旦大学讲师。

国共产党，在党旗下宣誓要为共产主义奋斗终生。她说，她虽然在组织上入了党，但并不意味着在思想上也完全入了党。关键在于，她想搞清楚为什么共产主义是人类最崇高的理想，终生为实现这一目标而奋斗是值得和崇高的。她说，她进复旦大学攻读博士学位期间，首先想把这一问题彻底弄明白。她还与我说，读硕士期间，她就已阅读了我的一些著作，她注意到，我在好几个场合提到，在苏联解体、红旗落地那几年，北京大学的德高望重的黄楠森教授特地向我说："学明，您要相信，人类的未来不是共产主义就是灭亡。"李健告诉我，我在书中说黄教授的这一番话震撼了我，实际上也深深地打动了她。为什么人类的未来不是共产主义就是灭亡？这一问题一直留在她的脑海里，她下定决心要彻底地把它弄明白。这构成了她把共产主义理论作为自己读博的主要研究方向的动力和理由之所在。我屏声静气地听完了她的这一番陈述，我简直不相信所有这些是从眼前这个文静娟秀、冷艳腼腆的姑娘口中说出来的。显然，她是有备而来，是经过深思熟虑的，我当即表示毫无保留地支持她的研究。

那么究竟如何展开研究呢？经过与她数次沟通，大致形成三步进行的思路：

她读的是西方马克思主义方向的博士学位。这一方向的博士点在全国只有复旦大学设立。我建议她还是要充分利用复旦大学在这一方向上的学术优势。实际上，苏东剧变以来，西方世界还是有一些左翼思想家在新的历史条件下，坚持对共产主义的探讨。她研究共产主义理论，必须具有当代视野，而这些西方思想家研究共产主义理论的学术成果是必须要把握的。作为她研究共产主义理论的第一步，可以着重跟踪研究西方某一个思想家。她选择了法国著名的左翼思想家巴迪欧。

仅仅探讨某一位西方左翼思想家的理论还是十分局限的。当基本上把握了巴迪欧的相关理论以后，应当及时地把视野扩展到整个西方左翼学术界，进一步把握整个西方左翼涉及共产主义方面的理论观点。所以她研究的第二步是探讨整个西方左翼对共产主义发展态势的理论研究。

第三步，就是在上述研究的基础上，利用西方左翼所提供的理论资源，深入研讨马克思主义经典作家的共产主义理论，揭示这一理论的当代境遇和现实意义。

八年时间过去了，她基本上是按照这三步在进行研究。每一步的研究都形成了相应的研究成果：第一步的研究成果是写出了《巴迪欧的激进政治哲学研究》的博士论文，第二步的研究成果就是这一部题为"21世纪以来西方左翼学者对共产主义发展态势的理论研究"的著作，第三步的研究成果是题为"马克思恩格斯共产主义理论及其当代复兴研究"的博士后出站报告。

作为第二步的主要成果的这一著作，比较全面地概括了西方左翼学者对共产主义理论的新探索在研究内容和论域上呈现出的一些新变化和新趋势。全书共设四章：

第一章，论述了西方世界最有影响的四大左翼学者对共产主义主义的最新研究，认为他们更多的是将重点放在回归共产主义的本义，掀起了复兴共产主义的热潮。

第二章，评述了西方四个主要资本主义国家的左翼最近所开拓的对共产主义研究的新视域，重点从文化、政治经济学、政治伦理和政治哲学四个不同角度展开论述。

第三章，着重剖析了西方左翼学者对共产主义与时代的关系的最新研究，即以西方左翼学者对时代主题的把握为线索，以数字资本主义时代、生态文明时代与后苏联时代为例，集中论述了在时代变化的条件下，共产主义、马克思主义与社会主义的关系得到不断澄明，共产主义的现实性因素正在不断增加。

第四章，集中论述了西方左翼学者对共产主义与世界社会主义运动的关系的最新研究，力图运用历史唯物主义的基本观点对西方左翼的相关思想加以合理评价。

作为她的博士生导师和这些年她勤奋研究和日益进步的目睹者，举贤不避亲，我觉得本书确实是具有一系列亮点和创新之处的：

例如，本书以共产主义在21世纪的复兴为理论原点，围绕什么是共产主义、何以实现共产主义，形成了对马克思主义的新发展、对资本主义的新认识、对社会主义的新思考、对世界社会主义运动的新把握。

再如，本书的立足点是拓宽研究马克思主义和共产主义的视角，突出其多样性和时代性特征。随着新一轮的金融危机、政治难民等问题的出现，共产主义再次回到人们的眼前。西方左翼学者围绕共产主义的研究，在理论和现实方面都得到了较大突破，本书把这种突破鲜明地呈现在人们面前。

又如，本书在聚焦西方左翼学者论共产主义的四大核心问题的同时，兼顾马克思主义的学理研究和方法探讨，以马克思和恩格斯创立的历史唯物主义为基本参照系，客观评价西方左翼学者对共产主义作出的时代探索。

更如，本书不断地启发我们有必要追踪21世纪以来西方左翼学者对共产主义理论作出的时代回应，澄清共产主义的相关争论，还原共产主本真的理论形态。只有在这一问题得以明确的前提之下，我们才能有力地回应时代提出的重大现实课题，才能更好地挖掘具有思想深度的话题，开启国际比较的研究视野，才能从根本上推动共产主义与新时代中国特色社会主义内在关系的研究。

最后，本书让我们重新思考一个基础性问题，即 21 世纪我们到底应该如何解读共产主义，何以发展共产主义和坚持共产主义的基本原则，让我们重新认识到在还没有完全具备实现共产主义的条件下，它在当下的每一次被激活都应该被置于整体的世界历史视野之中。这也是在新时代条件下我国深化科学社会主义理论和推动世界社会主义运动研究的重要着力点。

李健对共产主义理论的研究，特别是对西方左翼的对共产主义理论的探讨的研究，为时已有八年了。八年坚持下来确实至当不易，但应当说，这还是十分初步的研究。切望李健持之以恒地研究下去，并不时地推出更加成熟、完美的成果。这是我的愿望，我相信也是所有读者的愿望。

是为序！

2022 年 5 月 25 日

成功地从学生专职辅导员转岗
为大学思政课教师

——为赵文东①《当代中国主流意识形态转型问题研究》
一书写的序

　　在高校中有这么一批青年人，他们在本科或硕士毕业后，留在学校工作，但他们编制是行政或政工的，也就是说，他们在高校只能从事行政工作或者专职学生辅导员之类的工作，而不可能上讲台当教师。他们中一些人非常安心于自己的本职工作，对自己一辈子在行政或者政工岗位上有思想准备。但他们中也有一些人，实际上留在高校就是想当教师的，于是他们千方百计地设法转岗，即从行政或者政工编制转为教师编制。而要完成这一转岗，实际上是十分艰巨的，很少有人取得成功。我的学生赵文东居然成功了。

　　赵文东是个非常帅气的东北小伙子，他于 2004 年从黑龙江大学哲学与公共管理学院本科毕业后，眼睛盯上了上海，一心想在大上海谋求发展，于是他报考了硕士研究生。在 2004 年 7 月至 2007 年 3 月这段时间，

---

① 赵文东,1978 年 5 月生,辽宁朝阳人,2013 年 9 月至 2016 年 7 月于复旦大学攻读博士学位,现为上海理工大学讲师。

他在华东理工学攻读硕士学位。这段时间，他了解了上海，也更热爱上海了。硕士一毕业，他觉得先设法留在上海再说。这样，他就留在华东理工大学当起了学生专职辅导员。

后来听我在华东理工大学的一些朋友与学生讲，文东在那里实际上学生辅导员工作是做得很好的，旁边的人都以为他会安心地在这一岗位上工作下去。但实际上，他在暗暗地使劲，一心想寻找机会转为高校的教师。他知道，要实现转岗，首要的条件是考上博士研究生，获得博士学位。而且这一博士研究生必须是名校的，获得的博士学位必须是高含金量的。这样他花了五六年时间"恶补"外文和相关课程。2013 年，他居然考上了复旦大学哲学学院的当代国外马克思主义哲学专业的博士研究生。众所周知，复旦大学的哲学学科现在是国内数一数二的名牌哲学学科，报考复旦大学哲学学院的博士研究生之艰难令人难以想象，而该学院的当代国外马克思主义专业是全国唯一在这一方向上招收博士研究生的专业，到这一专业来攻读博士学位是多少人的"梦想"，有的人报考了三四次才如愿，而文东一举成功，确实不易。

文东原先是报考我的博士研究生，但那年报考我的考生比较多，上线的也多，于是我把他转给了俞吾金教授，他荣幸地成了俞吾金教授的博士研究生。哪知道，他刚就读半年，俞吾金教授不幸过世。有关领导还是把他"转还"给了我，他又到了我的"门下"。看来，我们之间真的有一种"师生缘"，缘分在那里，回避也回避不了。

当时，平心而论，我对他能不能把博士论文写出来，能不能如期博士毕业，信心是不足的。我清楚地记得，那天晚上他带着自己新婚不久的妻子来到我家里。他妻子是崇明长兴岛人，单纯贤惠，美丽大方。我望着这个把自己的终生托付给文东的"小老乡"，心想：你可要在后面对文东帮一把，否则这个东北小伙子尽管长得英俊，但其前途是不是大好，真还难说。那晚，他们夫妇俩向我诉说的中心意思是希望文东今后能够实现自己的愿望，当上一个高校的教师。我则明确地对他们说，今后文东的前景如何，完全取决于自己的努力的程度和成效。当下，最重要的是写好博士论文，一是能不能如期写出来，二是论文能不能通过。此时他原定的三年博士求学时间还只剩下一年多一点时间，而他的博士论文还只是形成了一个提纲，真正形成的文字还甚少。我实际上对他如期完成博士论文的写作并不寄予太大希望。文东思考了一下，竟然当场表态一定在规定时间内把论文写出来。文东的妻子则跟着表态，相信文东能够如期写出来，并一定全力配合。后来我知道，这一年的时间，他们夫妇俩真的是用尽全力冲刺。家务由他夫人全包，文东把自己整天关在一个小房子里看书写作，连春节也没有休息一天。

呈交博士论文的日期到了，文东没有拖延一天，按时把一篇十三多万字的题为"葛兰西的霸权理论与后马克思主义"的论文放到了我的办公室的写字台上。我初步看了一下，觉得还是写得不错。接着，他的这篇论文"盲评"与答辩都比较顺利地过了关。2016 年 10 月，他怀揣复旦大学的博士学位证书，从复旦大学回到了华东理工大学。在这个时候，我对文东的基本看法已大为改变，我觉得他不仅有当上一个高校教师的强烈愿望，而且也确实具有这方面的能力。

既然他是完全有能力上讲台当好大学教师的，那我作为他的博士生导师，有义务帮助他"圆梦"。我一连联系了上海好几个高校，推荐他去面试应聘。2018 年 1 月，也就是说，在他获得博士学位一年多一点时间后，他去了上海理工大学马克思主义学院，正式成了一名大学思政课的教师。

他去上海理工大学的头两年，我对他还是不甚满意的。我认为，有了大学教师的正式编制，但并不意味着就一定能胜任这个岗位。我反复与他说，仅仅做好领导交给你的"科研秘书"之类工作是不够的，仅仅能上讲台讲点儿课也是不够的，一个够格的大学思政课教师还必须具有研究能力，还必须不断地推出自己的理论成果，还必须善于把自己的研究成果转化成课堂教学的内容。我对他几年不出有分量的研究成果，表示了不解与不满。为了使他对自己的当下的情况的"严重性"有清醒的认识，更为了让他有条件摆脱他目前的处境真正把研究从事起来，我特地邀请上海理工大学马克思主义学院的院长与副院长，一起为文东来上海理想工大学的两年进行回顾总结，看看文东究竟如何把理论研究真正从事起来，当好一名够格的大学思政课教师。上海理工大学马克思主义学院的院长与副院长原本都是我的学生，当然他们对我这个老师如此地"大动干戈"还是非常重视的，他们当即表示可以免除文东的一些行政事务工作，让其有充分的时间进行理论研究。我对文东说，你原先总说时间不够，现在这个理由不能成立了，今后就看你自己的了。

一个年轻人在成长的道路上确实需要有人帮衬和鞭策的。对文东，我前后共帮助了四次：第一次帮助他顺利地考上了复旦大学的博士研究生；第二次我帮助他按时写出了博士论文；第三次我帮助他找到了理想的工作单位，实现了当上大学教师的愿望；第四次我帮助他走出困境，开始从事理论研究。这第四次也非常关键，这涉及他究竟能不能在大学教师的岗位上站稳脚跟的问题。实际表明，我帮助他是尽我一个作为他的导师的责任，而他也没有让我失望。他在被我与他的几个院领导和同事一起约谈后，就潜心于理论研究。

2019 年，他申请了上海市哲学社会科学基金项目《当代中国主流意识形态转型问题研究》，获得成功。经过三年的研究，这一项目基本完成，这一部著作就是他研究这一项目的主要成果。他把初稿发至我的电子邮箱，我急忙打开浏览，终于松了一口气，觉得从主题的确立、整个的布局、论述的层次，到文字的运用，都有一定的水准。这是文东的处女作，处女作写成这样，令我十分欣慰。

文东的这一著作的立意十分"高大上"。它主要关注的是新中国成立以来的社会主义意识形态转型发展问题。不少学者都认为，当代中国主流意识形态存在不同的类型，并且在不同历史时期发生了某种历史转换。但是当代中国意识形态转型的内涵是什么？主流意识形态究竟存在哪些具体类型？其在现实历史过程中到底发生了何种转换？当代中国主流意识形态转型的历史逻辑和内在机制是什么？其背后有哪些意识形态基本理论和基本原理作为支撑？当代中国的意识形态转型在思想政治教育中有何种体现？这种转型在西方当代理论中能获得哪些思想资源和启示？这一著作主要围绕以上问题进行了集中论述。

我阅读全书，觉得这一著作在以下六方面给人以比较深刻的印象：

第一，确定当代中国意识形态转型的基本内涵。一般来说，所谓"转型"，是指事物从一种运动形式向另外一种运动形式的转变。当代的社会结构转型，是指由经济体制的深刻变革而引发的利益格局的调整、社会结构的变动，以及思想观念的深刻变化，意识形态转型是其中一个重要组成部分。这一著作提出，所谓的主流意识形态转型，是指主流意识形态在保持自身社会主义性质不变的前提下于不同历史时期所展现出的具体类型方面的转变。

第二，明确当代中国意识形态的基本类型。这一著作从理论上指认了"革命型""统治型"与"治理型"这三种不同的意识形态类型，而这也是当代中国主流意识形态先后所经历的三种意识形态类型。

第三，厘清当代中国主流意识形态转型的历史逻辑。这一著作认为，自新中国成立以来，当代中国主流意识形态经历了从"革命型"到"统治型"，再从"统治型"到"治理型"的两次历史转型。"统治型"意识形态在政治形态上表现为"党国体制"，国家结构政党结构高度统一，使形成于革命时期的高度集权化的组织机构和领导体制得以进一步强化。"治理型"意识形态既强调意识形态治理主体的多元性，同时又高度重视中国共产党在多元主体合作与联动过程中的领导核心地位；既突出党和政府在意识形态治理过程中发挥 "自上而下"的引领性和主导性作用，又发挥人民群众的"自下而上"的主体能动作用，做到"上下联动"。

第四，探索当代中国主流意识形态转型的微观作用机制。这一著作提出，在主流意识形态转型过程中，体现了不同的内在机制，它们包括"旧瓶装入新酒""旧酒装入新瓶"和"由外围而核心"。所谓的"旧瓶装入新酒"，就是指在原有意识形态概念资源库中寻找包容发展性、开放性的符号，并通过修辞转换来挖掘和探索新的意识形态资源的一种具体的意识形态转型机制。"旧酒装入新瓶"，顾名思义，是指把原有的意识形态要素直接转移到新的意识形态系统中。"由外围到核心"则是指，任何意识形态系统都包含基础层面和操作层面、核心层面和外围层面两个维度，在当代中国主流意识形态转型的过程中，体现马克思主义基本精神和原则立场是不能变化的，而其他相关的外围政策、策略和具体措施则可以根据不同时空条件而改变。

第五，揭示当代中国主流意识形态转型的内在本质。这一著作从以下三个方面加以分析：首先，围绕社会主义制度的完善、发展和定型调整国家社会关系；其次，提升意识形态功能强化社会主义国家合法性；最后，调适主流意识形态话语方式融入国际主流社会。

第六，透视当代中国主流意识形态转型的基本原理。这一著作认为，这种基本原理主要体现于实现了以下三个统一，即普遍性与特殊性的统一、阶级性与人民性的统一和阶段性与连续性的统一。

除此以外，文东的这一著作在以下两个方面不仅富有特色，而且做得十分成功：

第一，从高校思想政治教育的话语转换和象征思维在思想政治教育领域的运用两个角度，来具体展示当代中国主流意识形态的调试与转型；

第二，简要介绍并分析了葛兰西的霸权理论、拉克劳和墨菲的新霸权理论，以及杰索普的文化政治经济学理论，试图通过他山之石为当代中国主流意识形态转型和创新发展提供思想资源。

这一著作尽管是文东的处女作，但无论从其理论价值、创新性来说，还是就其理论深度而言，都不乏可取之处。我特地为这一著作作序，一是表达我对文东推出这一著作的欣喜之情，表达对他的从事理论研究的热忱支持；二是呼吁学界对文东的这一著作的重视，看看这一著作能够为当今盛行的意识形态研究吹来一股什么样的清新的风！

是为序！

2022 年 9 月 2 日

忘记自己的"当官"身份　潜心在复旦大学学习

——为武汉进修班学员《在复旦大学学习心得集》一书写的序

　　承蒙中共武汉市委组织部的信任，把一批批在武汉各级岗位上担任要职的年富力强的干部，送到我们复旦大学来进行历时两个月的脱产培训学习。收集在这一集子中的文章是第三批学员的学习心得。

　　翻阅这些学员的文章，对我们来说是莫大的享受。与他们相识、相处、相知的日日夜夜一幕幕呈现在眼前。

　　2006 年 3 月 2 日，他们长途跋涉，坐了整整一个晚上的火车，风尘仆仆来到了上海，走进了我们复旦大学。他们清楚地知道，这次远离家乡外出，可不同于平时的下基层检查工作，也不同于司空见惯的与同事、下属一起参观考察，而是当学生来了。在为他们接风的宴席上，我们反复地向他们表达的是这样一句话：请你们忘记一切身份，从现在开始你们是复旦大学的学生。我们则从他们丰富的面部表情中，读到了其对复旦大学的敬畏之情，读到了对知识的强烈渴求，读到了浓厚的社会责任感，当然也读到了突然离开工作岗位的焦虑，读到了对未来两个月的学习生活的迷茫。

　　原先我们确实有点儿担心有负于武汉市的领导和武汉人民对我们的重托，担心这批学员能否在高等学府里获得令人满意的学习成绩。可是事实证明我们的所有担心都是多余的。他们是一批"特殊的"学生，就凭这些我们在普通学生身上不可能经常看到的"特殊的"品质，他们完全有条件顺利地完成学业任务，成为复旦大学的好学生。我们所说的"特殊的"品质，主要是下述这些方面：

　　其一，他们具有强烈的责任感和使命感，有着明确的学习目的。这就是为着更好地履行党和人民交给自己的职责，来到复旦大学充实自己和提高自己。

　　其二，他们具有丰富的实践经验，来自活生生的现代化建设的第一线。他们善于联系自己的切身经历来思考和消化课堂上所学到的东西。

　　其三，他们具有刻苦耐劳的精神，全身心地投入于学习中。一天整整八节课，有时晚上还要加讲座，连续数天均如此，如果没有一种学习毅力，是无论如何坚持不下来的。

　　一分耕耘一份收获。在学习结束时的交流会和总结会上，他们真诚地倾吐和表达了在复旦大学两个月内所得到的收获，这些语言深深地感动了我们。他们自认为经过两个月在复旦大学的强化学习，自己已换了一个人。无论在精神境界、道德素养，以及观察问题和处理问题的方法方面，都有了飞速的提高。他们甚至说这段时间是自己一生中最难忘、进步最快的日子。收集在这里的这一篇篇文章，在一定程度上反映了他们的这些收获。我们阅读这些文章之际，正值我们学校进行硕士生和博士生论文答辩阶段。在我们的案头上，既堆着来自武汉的这些进修班学员的文章，又放着一本本沉甸甸的硕士和博士论文。说实在的，论喜欢程度，前者远远甚于后者。我们知道，我们的一些硕士研究生和博士研究生，是写不出这些内容充实、学以致用、入情入理、一五一十、见微见著的文章来的。而我们的时代，我们的民族，我们的生活又是多么需要这类文章啊！

当然，我们知道我们面对是一批"特殊的"学生，我们所要完成是一项"特殊的"教学任务，从而我们在所有的教学环节上不敢有丝毫的马虎与懈怠。具体来说，我们做到了三个方面的"精心"：

第一，精心组织课堂教学。把最优秀的教师、最优秀的课程引入"武汉班"。两个月不到的时间，我们一共组织了三十二名复旦、上海乃至全国的顶尖的教师（其中除了一位是副教授外，其余都是教授）给"武汉班"上课，先后开设了二十门课程和十五个讲座。在如此短的时间里集中如此多的教授，开设如此丰富的课程，可以说是在复旦大学的历史上是从来没有过的。

第二，精心组织参观考察。每个星期有一天到上海及附近地区进行考察学习，足迹遍及上海各行各业。而且每次参观学习都有明确的目的，都有相关单位接待并作介绍。

第三，精心进行学习管理。聘请两位博士、副教授担任班主任。通过课堂讨论和听讲座等各种形式，增强学习兴趣和提高学习成效。

从学习一开始，我们就向这些来自武汉的学员提出了"学理论、看上海、想武汉"的基本学习要求。我们把这学习要求贯穿于整个学习过程中，也得到了大家的普遍认可。我们在他们身上确实看到了他们对家乡的无比热爱，以及希望家乡更快地发展的急切心情。我们越来越感到，有这样一些优秀的武汉儿女在，武汉实现"中部崛起"的愿望一定能实现。

　　这里，我们再次感谢武汉市领导和人民对我们的信任，并再次祝愿这些学员在自己的工作岗位上取得更大的成绩！我们等候着你们的佳音！

　　是为序！

2006 年 6 月 6 日

附 录

超越了《21世纪的资本论》

——为鲁品越①《鲜活的资本论》一书写的序

在拜读鲁品越教授的《鲜活的资本论》之前，在当下众多的与《资本论》相关的新作中，最吸引我的是法国经济学家皮凯蒂教授的《21世纪的资本论》，尽管对此书的一些观点我不能赞同，但它的确代表了当代西方研究资本主义两极分化现象的最高成就，它一出版在全世界广为流传绝不是偶然的。而在拜读了鲁品越教授的《鲜活的资本论》之后，我的看法改变了，我有把握地说：无论就理论价值而言，还是从现实意义来看，《鲜活的资本论》在许多方面超越了《21世纪的资本论》。当然，我也可大胆地预言，鲁品越教授这一著作应能产生《21世纪的资本论》那样的影响力。作为学界同道，我对此由衷钦佩，也为他感到自豪，并向读者郑重推荐此书。

我的案头同时摆放着这本《鲜活的资本论》(打字本)与《21世纪的资本论》(中文版)。我反复地对照着看，前者超越后者之处随处可见。而这些

① 鲁品越，1949年2月生，安徽芜湖人，现为上海财经大学资深教授。

超越之处正是鲁品越教授的这一著作的创新点。这里且列举若干：

第一，关于《资本论》的哲学思想基础的解读。作者不是预设某种"永恒真理"来批判旧哲学和旧历史观，而是通过这些旧哲学与旧历史观的"自我批判"，也即通过层层分析以揭示这些旧理论的内在悖论，让马克思主义的唯物辩证法世界观与唯物史观的基本观点在旧哲学的这种"自我批判"中自动生成与呈现，以此来显示马克思主义哲学的超越历史上一切旧理论的深刻内涵与强大生命力。作者指出，只有深刻理解马克思主义哲学，才可能深刻理解《资本论》。

第二，关于唯物史观中的"社会物质"概念的解读，提出以劳动二重性为灵魂的社会物质的二重性的见解。劳动的二重性形成了商品的二重性：一是作为自然属性的使用价值，二是其负载的作为社会关系的价值。作者由此从唯物史观高度，认为马克思这一分析立场不仅贯穿整个《资本论》，而且贯穿马克思的社会物质观。一切进入人类社会生活领域的社会物质，无论是人类生存的生态环境，还是物质产品，乃至整个社会存在，无不具有二重性：一是其本身的自然物质性，另一则是其所负载的作为社会关系的社会性。由此导致人类社会与自然的统一，导致人类历史发展过程是"自然历史过程"。正如列宁所说："凡是资产阶级经济学家看到物与物之间关系（商品交换商品）的地方，马克思都揭示了人与人之间的关系。"①这是马克思超越所有资产阶级学者的最深刻的理论见解。

第三，对劳动价值论的新解释——以劳动价值为纽带的社会关系结构与市场权力结构。作者立足上述马克思主义哲学立场，将劳动价值看成负

---

① 《列宁选集》(第二卷)，人民出版社，2012年，第312页。

载于物质产品之中的人与人的社会经济关系的基本纽带，这是人与人之间通过市场建立的"用生命生产生命"的关系。每一商品中都包含着支配他人劳动的权力：因为只有付出等量劳动才能交换此商品。而货币使"买"和"卖"分离，从而使隐含在劳动价值中的权力通过货币的形式表现出来："卖"是将商品中的劳动价值表现为货币权力，而"买"则是使用此权力来支配资源。随着市场经济结构日趋复杂，劳动价值通过货币形式生成了各种权力——资本权力、金融权力等，同时各种社会权力进入市场，形成了以劳动价值为基础的全社会复杂的社会关系结构。而各种社会关系力量通过市场化过程嵌入市场分割劳动价值，由此生成社会商品的价格体系，于是发生了社会价格体系对全社会商品价值体系的偏离。有人用这种"偏离"来"证伪"马克思劳动价值论，然而事实与此恰恰相反：这种"偏离"不仅不构成马克思劳动价值论的"证伪"，而且正是它的伟大魅力所在：因为它是揭示市场经济复杂迷宫的"阿里阿德涅线"，在其背后是被现象掩盖的深层社会关系结构。作者由此发人深省地指出：正像物理学家用光线穿越原子时发生的偏离图像——光谱——来发现原子内在结构一样，马克思主义经济学通过价格对价值的偏离现象来分析深层的社会经济结构。

第四，对资本本质的新阐释——关于资本权力和市场权力放大器的观点。在资本主义市场经济条件下，私有资本通过剥夺劳动者的劳动条件而制造资本对劳动的支配权，最终实现为最大限度地占有劳动力创造的剩余价值。然而资本扩张并不就此止步，这些剩余价值在资本竞争中又最大限度地转化为资本，由此形成资本权力的指数式扩张。因此，资本在本质上是市场权力的放大器：将支配劳动力（可变资本）的权力，放大为资本拥有的产品价值的权力。而实现这种"权力放大"的根源是活劳动转化为劳动价值的过程，不变资本只是这种"权力放大器"的物质构件，其本身价值只是转移到产品中而保持不变。这就使剩余价值为何唯一由活劳动所创造，以及资本追求自身权力扩张的过程得到了明晰的理解。

第五，关于作为社会关系力量的资本动力说。《共产党宣言》指出："资产阶级在它的不到一百年的阶级统治中所创造的生产力，比过去一切世代创造的全部生产力还要多，还要大。"[1]这句话充分肯定了资本在推动生产力发展上的巨大作用。而本书作者根据贯穿《资本论》的基本思想，对此作出了新的阐释。作者将资本视为历史进程中的一种历史现象，与此前的封建等级制社会相比较，指出等级制社会将剩余劳动用于等级制度自身的生产，从而使社会生产系统长期基本上处于"简单再生产"状态而发展缓慢，甚至长期停滞不前。而资本将剩余劳动实现为市场价值的形态，使其投入到生产系统自身的扩大再生产中，从而形成推动生产力体系不断扩张与发展的强大动力，其表现在绝对剩余价值的生产和相对剩余价值的生产的过程中。作者分析了资本在这个过程中的两个方面的动力作用：一是资本通过配置生产要素而产生出日益扩大的生产体系，二是资本通过开拓市场而生产出不断扩张的经济空间，这两个方面构成了资本推动社会生产力发展的动力体系。

第六，关于资本主义内在矛盾及其积累所导致的危机的新概述。作者根据《资本论》的基本思想，指出资本在推动生产力发展，实现自身最大限度的积累之时，必然最大限度地吮吸三种自然力，从而形成三个方面的

---

[1] 《马克思恩格斯文集》(第三卷)人民出版社,2009年,第36页。

"资本积累"与"贫困积累"的两极分化，并且由此导致三个方面的危机。作者用《资本论》的基本观点分析当代现实资本运行过程，指出作为生产关系的资本必须通过物化的形式才能真正实现其价值增值（不同于虚拟资本通过分割剩余价值而赚钱）。因此，资本增值过程必然是吮吸三种自然力——劳动者的自然力、自然界的自然力和"社会劳动的自然力"——的过程。这个过程一方面实现资本正反馈式的不断积累，另一方面也导致三种劳动者的贫困化、自然资源与环境的"贫困化"、人的社会关系与精神世界的贫困化，而且这种贫困也同样正反馈式地不断积累。而这三种贫困积累最后施加于贫困国家与贫困人口的头上，形成了当代社会在经济、资源与生态环境和人的发展空间上的两极分化。这些方面的资本积累与贫困积累的历史发展，必将使全人类面临危机。这是当代世界各种矛盾冲突的最深层的根源。

第七，关于微观流通理论的空间生产的观点。作者通过对《资本论》第二卷的思想发掘，从哲学上给我们描绘了马克思的微观流通理论的基本框架，既坚守《资本论》的原有观点，又结合当代现实进行理论创新。流通领域的劳动包括"生产性劳动"与作为"纯粹流通性劳动"的非生产性劳动。前者是生产性劳动在流通领域中延伸，其在创造使用价值的同时创造价值；而后者不仅没有创造劳动价值，反而是对生产领域所生产的劳动价值的一种耗费，这种耗费就是"流通费用"或"交易成本"。它是社会经济为了自身运行而付出的代价。但是这种劳动并非来去无踪，而是营造了马克思所说的"流通机器"，即价值流通网络，它实际上就是今天所说的"经济空间"。纯粹流通性劳动受到两种力量的支配：一是社会再生产力的运行和发展的客观要求，二是私有资本对全社会剩余价值的争夺。于是，耗费于流通领域的劳动积淀为两种经济空间：一是由人类追求自身生存与发展的客观需要的力量所产生的"建设性经济空间"，它具有促进社会生产力发展与经济繁荣的巨大意义，其有正当的理由适度分割全社会的劳动价值；二是由资本争夺全社会的剩余价值的过度竞争与恶性竞争而产生的"破坏性经济空间"，其在分割全社会的劳动价值的同时，带来的是社会经济的流通秩序的混乱，对经济运行与发展的损害。这两种力量形成经济空间不同的逻辑，其间的博弈形成"诺思第二悖论"。

第八，关于社会经济的非均衡运行机制的观点。与西方经济学把社会经济描绘成趋向于所谓"帕累托最优"的均衡态的陈腐观念相反，马克思在《资本论》中展示了资本扩张过程与流通过程所生成的非均衡运动。这个非均衡运动从本质上说就是资本增值与扩张的运动，而在具体实现形式上集中于如下机制：

一是资本在驱动物质生产系统的过程中，产生了由于资本的有机构成、所用的资源及其技术的差异所导致的利润率不平均的现象，出现了超过平均利润的超额利润的生产领域。而资本的自由竞争则产生了消除超额利润的利润平均化趋势。而这平均化趋势必须通过租用能够产生超额利润的特有资源来实现，由此产生分割超额利润的地租。于是资本流动的利润平均化趋势与超额利润转化为地租的趋势，构成了驱动社会生产的市场动力系统的对立统一运动，形成了普利高津耗散结构理论所说的"远离平衡态的均衡"。

二是在宏观的价值流通领域，剩余价值转化为资本的过程必须经过两个阶段：货币贮藏（储蓄）阶段，以及积累到一定程度之后的投资阶段。前一阶段生产资本的剩余价值不断注入货币资本系统，后一阶段剩余价值从货币资本系统注入生产系统。于是发生了货币资本系统（金融体系）与生产资本系统之间的剩余价值的间歇式的流通与转换，产生下述两种非均衡趋势：一是货币通过金融系统流向生产系统，按照投资乘数机制导致经济增长；二是通过生产系统流入金融系统的货币贮藏，按照乘数机制导致社会生产普遍过剩。这两个方向的往复运动，形成社会经济的周期性起伏震荡。作者的上述见解使深含于《资本论》中的经济系统非均衡运动的思想被发掘出来，使我们进一步深化了对马克思的这一系列思想的认识。

第九，关于金融危机本质的观点。金融危机是当代资本主义危机的集中表现。深入发掘《资本论》的相关观点来剖析当代金融危机的发生机制及其后果，是当代理论工作者的责任。作者对此作出了颇具创造性的努力。作者指出，流通过程中流入与流出生产系统的货币，是剩余价值的货币资本形态，它随着社会的发展而日益庞大，终于形成现代社会巨大的金融机构与虚拟经济系统，成为分割社会剩余价值的巨大的权力体系。银行等金融机构使货币资本获得社会性普遍形式，利息乃是社会普遍资本通过活劳动获得平均利润的能力的价格。通过实体资产的证券化，使这种生息能力脱离资本本身而成为传统虚拟资本。传统虚拟资本的分割剩余价值的能力进一步证券化而成为金融衍生工具。虚拟资本的交易活动通过社会化形成了其触角遍及每个角落的巨大金融网络，其既有推动实体经济运转的强大动力作用与规避风险的作用，同时也有使实体经济枯竭化与积累风险的作用。在资本主义制度下，由此产生的结果必然是以资金链断裂为特征的金融危机，进而通过传导机制导致实体经济危机。由此验证了马克思的预言——"渴望利用这种作为潜在货币资本贮藏起来的剩余价值来取得利润和收入的企图，在信用制度和有价证券上找到了努力的目标①"。货币资本由此又以另一个形式对资本主义历史进程产生了巨大的影响。

第十，关于中国特色社会主义在克服资本主义经济危机的过程中生成的观点。作者通过严密的论证指出，《资本论》揭示的历史规律——资本主义内在矛盾将导致社会主义制度必然诞生，经过几百年来资本逻辑在全球扩张的过程中的复杂演绎，终于在广阔的中国大地上成为现实。中国的社会主义制度的出现表面看来似乎跨越了"资本主义制度的卡夫丁峡谷"，但其实质上乃是全球人类经历了资本主义"卡夫丁峡谷"之后的必然产物，而且其只能在不断克服国内外的资本力量所产生的危机中不断生长，因而并不存在对"卡夫丁峡谷"的跨越，也不存在对资本主义制度的"补课"。在国际资本主义的内在矛盾中进行的中国现代化历史进程，面临着深层的历史困境：既必须融入世界经济体系，又会被国际垄断资本边缘化而陷入低水平"中等收入陷阱"。走出这一困境要求当代中国必须走新型现代化道路——社会主义现代化道路。其分为两个阶段：第一阶段是通过公有制计划经济建立社会主义的立国之本；第二阶段则是进行改革开放，以社会主义市场经济国家的身份在人类历史舞台上出场，在以我为主的前提下融入国际经济体系而包容世界各国经济发展，在以公有制为主体的前提下包容与引导民营资本共同发展。两个阶段一脉相承，前者为后者建立了物质基础与制度保障，后者是前者的必然发展。因此，中国特色社会主义的理论与实践是《资本论》的伟大续篇，由此才能科学地解答中国当代崛起之谜，引领人民实现民族复兴的中国梦。

---

① 《马克思恩格斯文集》(第六卷)，人民出版社，2009年，第561页。

　　我是把这十个创新点单独地罗列出来的，而实际上它们有着内在的逻辑联系，它们有机地组合成一个整体。

　　说实在的，一部著作能够阐发出上述这些创新点中一两个，已非常难得。现在这些创新点同时存在于一部著作之中，可见这一著作的分量之重。

　　现时代是人类历史上最为丰富多彩的时代，人类社会在现时代的伟大实践最主要体现在以下三个方面：一是全球化的社会生产力的巨大而迅速的发展；二是由资本推动而形成的全球性三大危机（经济危机、生态危机、人的发展危机），以及由这三大危机引发的社会危机与国际危机所形成的空前复杂的局势；三是在当代国际背景下中国特色社会主义在克服资本主义危机中的蓬勃发展。鲁品越教授的《鲜活的资本论》的理论价值和现实意义正于：它站在这样的鲜活的实践基础上解读马克思的《资本论》，使其伟大真理得到鲜活的展现，由此一方面用无可辩驳的生动现实与逻辑力量确证了《资本论》根本思想的正确性，确证了马克思主义仍然是剖析和引领我们时代的思想武器，是我们必须坚持不渝的指导思想；另一方面，它又令人信服地证明中国的社会主义市场经济的理论与实践与《资本论》的思想一脉相承，是马克思主义在当代的最新发展成果。前者论证了马克思主义在当今的历史地位，即论证了马克思主义仍然是当今人类前进的旗帜；后者说明了中国特色社会主义理论的历史地位，即说明了中国特色社会主义理论是马克思主义在当代的最新发展成果。我们知道，对这两个方面的正确认识，对当今中国来说具有重大意义。可以说，这两个方面的价值和意义都是空前的，怎么说它都不会过分。

　　鲁品越教授从南京大学调至上海财经大学工作已有十多年了。在这十多年时间里，我目睹了他如何从原来主要研究科技哲学转变为主要研究马克思主义哲学，目睹了他如何与张雄教授一起在上海财经大学创建经济哲学的研究方向，并使之成为国内研究经济哲学的重镇和基地，目睹了他如何充分利用自己的理论素养高、知识面宽这一有利条件一步一步地攀登理论高峰，目睹了他如何不断地调整自己理论研究的立场，确立为人民立言的研究宗旨，目睹了他如何在研究中自觉地增强对马克思主义的亲和力和信念。我手捧鲁品越教授的这一著作，看着这一行行文字，强烈地感受到了他这十多年所走过的道路，这是一条艰辛的道路，也是一条成功的道路。

鲁品越教授是个多产的学者，他出版过许多著作，发表过不胜其数的文章。而这本《鲜活的资本论》，凝聚着他之前所有的理论积累，代表了他最高最新的学术成果。当然，"金无足赤，人无完人"，此著作还有进一步改进与发展的理论空间，《资本论》所蕴含的不尽的思想宝藏还需要我们在当代实践中进一步发掘与发展。而且对于前面列举的观点与思想，以及本书中其他思想，人们可能存在着这样或那样不同的意见。尽管如此，并不妨碍这本著作是我国《资本论》哲学思想研究的重要理论成果。为他的这一著作作序是我的荣幸。

是为序。

2016 年 3 月 2 日

非专业的哲学工作者的"纯粹"
的哲学著作

——为郝晓光①《〈资本论〉（哲学卷）手稿
——马克思主义剩余价值哲学提纲》一书写的序

　　晓光要我为他的《从否证到创新》一书的再版本写一"序言"，我是犹豫了许久才答应的。

　　从书名看，这是一部纯粹的哲学著作，但作者晓光不是一名专业的哲学工作者。他是中国科学院的博士，而不是中国社会科学院的博士。他的工作单位是中国科学院测量与地球物理研究所，而不是那个专业的哲学研究机构。他的正式研究领域是大地测量学、地球物理学，而不是哲学，更不是马克思主义哲学。他因新编世界地图对北斗卫星导航系统的贡献和藏南地名补白研究而享誉全国。我与他相识于他受葛剑雄教授邀请，在复旦大学所作的关于新编世界地图的讲座上。所有这些都告诉我，他对哲学的爱好是一种"业余"的爱好。为一个"业余"的哲学爱好者的著作作序，这不能不使我产生犹豫。但转念一想，爱好的"业余"，并不意味着水平

---

　　①　郝晓光，1958年5月生，上海市人，现为中国科学院精密测量研究院研究员。

的"业余"。"业余"哲学工作者比专业哲学工作者水平高很普遍，也很正常。从某种意义上说，弘扬、推崇一个"业余"的哲学爱好者的理论成果更是我应当做的事。我的第一个犹豫就这样打消了。

我的第二个犹豫来自晓光对自己的这一著作的定位。他的这一著作的宗旨是对马克思的剩余价值理论加以哲学探讨，他称之为"马克思主义剩余价值哲学"。问题在于，他认为，从《资本论》一至四卷的基本结构上不难看出，剩余价值学说在建立系统和完整的哲学逻辑方面并没有进行专门的论述，所以有着极大的发展空间。他实际上是在做马克思的"未竟"之事，即构建以哲学逻辑为基本内容的马克思的《资本论》的"后续"著作。他甚至打算把他的这一著作定名为"资本论第五卷"。把自己的著作与马克思的《资本论》并列在一起，定名为"资本论第五卷"，这确实是够自信和大胆的了。我们能这样做吗？为这样一种定位的著作作序，我当然内心是不踏实的。但是我马上想到，法国学者托马斯·皮凯蒂的一部著作仅仅是揭示和分析了当今世界的两极分化现象，居然以"21世纪资本论"的书名推出。那么我们中国学者基于对自己的著作的基本内容和产生影响的考虑，为什么就不能这样做呢？

当然，最主要的犹豫还是对晓光的这一著作究竟有多大"份量"还无法把握。于是，我花了功夫追踪了晓光的哲学探究之路，研读了他的主要理论成果。

实际上，早在20世纪80年代中期，他就开始发表自己的哲学论文。1986年，他就因发表《对所谓"马克思主义普遍价值概念的定义"的否证》的处女作，引起了学术界的注意。以后，他从未停止过对哲学，特别是对马克思主义哲学的研究。三十年来，他一直活跃于中国的马克思主义哲学界，并越来越集中于对"马克思主义剩余价值哲学"的探讨。2011 年，他出版了《从否证到创新》一书，这一著作的出版，使他成了中国马克思主义哲学界一颗光照照人的"新星"。2011 年后，他更加发愤地研究，接连推出了六篇相关论文。它们是：《在马克思主义中国化的实践中去认识马克思主义剩余价值哲学》(《湖北社会科学》2013 年第 5 期)，《构建马克思主义剩余价值哲学的历史观——唯物史观的继承与发展》(《湖北社会科学》2014 年第 10 期)，《剩余价值哲学对社会基本矛盾的解读——是"人与物的矛盾"还是"人与人的矛盾"》(《湖北社会科学》2015 年第 5 期)，《马克思主义剩余价值哲学的基本范畴——试论人性范畴与物性范畴的哲学关系》(《马克思主义理论研究》第二辑 2016 年)，《马克思主义剩余价值哲学的范畴体系》(《哲学基础理论研究》第八辑 2016 年)，《按需分配：从"不劳而获"向"人性范畴"的转化——剩余价值哲学"按需分配"概念的经济学与哲学含义辨析》(《郑州轻工业学院学报》(哲学社会科学版) 2016 年第 4—5 期)。现在，他把这六篇论文集合在一起，与原先出版的《从否证到创新》一书的内容有机地组合成一个体系，重新推出。

对晓光所有这些理论成果之内容，我也细细地领略了一遍，感到我们确实应当高度重视晓光所作出的理论创新。他对"劳动力价值不等于劳动力消耗品价值""不变资本的可变性""剩余价值范畴的二重性""剩余价值概念与按需分配概念的哲学关系"等一系列马克思主义哲学研究中的哲学难题的探讨，充满着创见。

最精彩的是晓光对马克思主义哲学基本范畴的研究。大家知道，关于这项带有根本性的基础研究，列宁提出了辩证唯物主义的"唯物论的反应论"（试图把"人"往"物"里面放)，卢卡奇提出了历史唯物主义的"社会存在本体论"（试图把"物"往"人"里面放）。晓光博士站在这两位哲学巨人的肩上，创造性地提出了物性范畴与人性范畴不能"融合"而必须"分开"的哲学思想，确立了马克思主义哲学既相互独立，又对立统一的物性范畴与人性范畴，进而建立了他的马克思主义剩余价值哲学的本体论。他认为，这是为《资本论》的哲学卷奠定了坚实的基础。

马克思主义哲学人性范畴和人的基本矛盾的确立，为新时期马克思主义哲学中国化的研究奠定了强大基石，开辟了广阔前景。从来没有一种哲学能够同时确立"物性范畴"和"人性范畴"，只有马克思主义剩余价值哲学做到了；也从来没有一种哲学能够同时确立"社会基本矛盾"和"人的基本矛盾"，也只有马克思主义剩余价值哲学做到了。不仅做到了，而且马克思主义剩余价值哲学的"物性范畴"和"人性范畴"是高度统一的，马克思主义剩余价值哲学的"社会基本矛盾"和"人的基本矛盾"也是高度统一的。晓光的这一著作，对此作出了清楚、明快、深刻的论述，读后令人眼睛一亮。

晓光在本书的"再版后记"中这样说道：建立剩余价值哲学是一项宏大的哲学工程，不是一朝一夕就能够完成的。为丰富马克思主义的理论宝库，我国的马克思主义理论工作者应该团结起来共同奋斗，结合当代中国社会主义建设的伟大实践，继承和发展马克思主义的剩余价值学说，研究建立马克思主义剩余价值哲学的完整体系，续写出《资本论》未完成的辉煌篇章。

这是晓光的宏愿，也是他从事马克思主义哲学研究的"初心"。我为他的宏愿叫好，也被他的"初心"感动。基于此，我乐意为本书作序，并呼吁与恳请中国的学界，特别是马克思主义哲学界关注与支持晓光的研究。

是为序！

2016 年 10 月 25 日

研究人的生活方式的"知音"

——为李霞①《改革开放以来社会生活方式变迁
与文化选择研究》一书写的序

从 20 世纪中叶起,先是在西方世界,后又于东方世界流行以消费主义主导的生活方式。整个世界都以消费、占有多少东西作为衡量人生的主要价值所在。

这种生活方式真的是人所需要的存在状态吗?人过这样一种生活真的十分幸福吗?人究竟需要一种什么样的生活方式?如何改变目前的生活方式去追求一种真正属人的生活方式?

从消费主义在 20 世纪流行之时起,就有人对这些问题展开思考,特别是那些西方马克思主义理论家更是把批判目前的生活方式作为他们的理论使命。到 21 世纪初,在许多富有理性和智慧的人那里,似乎对此已得出了比较一致的结论:其一,这种生活方式不符合人的本性,颠倒了人与商品的关系,充其量让人过的是一种"痛苦中的幸福生活";其二,即使

---

① 李霞,1970 年 1 月生,山东禹城人,现为山东德州学院教授,习近平新时代中国特色社会主义思想研究中心主任。

人过这样的生活十分美好，我们居住的地球也无法提供足够多的能源、资源来"供奉"人过这样一种生活。于是，不断地有人发出"我们应换种活法"的呐喊！

本人从 20 世纪 70 年代末 80 年代初开始从事西方马克思主义的研究，特别是潜心于对西方马克思主义当今生活方式批判理论的探讨。尽管我也不时地发表文章就这个问题发声，但总"曲高和寡"，呼应者寥寥。

后来，我终于找到了一个"知音"，这就是山东德州大学的李霞。这是个年轻的女学者，她数十年如一日，坚持对生活方式的研究。在这一领域，不但发表了数十篇文章，而且又出版了数部专著。

我对李霞的研究成果推崇备至。想不到她在德州这一算不上学术研究中心的地方，竟有如此高的理论境界和宽阔视野。这样，我尽力推举她、宣传她。凡是我主持或者我说得上话的会议，我都邀请她参加并让她发言，我也向一些马克思主义学院的院长推荐她，希望能够引荐她，使她有一个更好的学术平台进行自己的研究。

今天，她又把一部新的书稿呈现在我面前，这就是她的近作《改革开放以来社会生活方式变迁与文化选择研究》。这是她在原有的研究成果的基础上，开始进入对我国生活方式变迁史和选择史的研究。

中国改革开放以来四十多年的发展，人们的生活水平和生活方式发生了很大的变化。社会转型期也是历史与现代、中国和世界的各种文化交织、碰撞期，生活的变化面临着文化的选择问题。她力图通过对改革开放以来人们生活方式变化和文化变迁的分析，反思生活方式的进步与不足；对当代中国的文化构成和价值选择进行分析，提出当代中国文化选择的标准和构建中国特色社会主义文化的原则，增强文化自觉和文化自信；从人的发展角度探索生活方式的构建，从生活方式与文化选择的关系探索文化建设的规律，这是对中国改革开放和社会主义现代化建设规律、成就以及不足进行研究的一个重要视角，可以丰富生活方式研究和文化理论研究。同时，选择科学健康的生活方式，进行正确的文化选择和价值选择，能够推动日常生活中人的个性发展，促进整个社会人的发展，树立关于中国特色社会主义的文化自信。

我认为，李霞的这一新著起码有以下理论创新：

第一，以马克思主义的社会批判思想为理论基础，借鉴西方马克思主义文化批判理论的思想资源。马克思主义社会批判思想和西方马克思主义文化批判理论的批判内容和路径不同，但都有一个共同的价值标准，就是以人的发展来衡量现实社会制度或文化的弊端，突出日常生活中人的个性发展。马克思主义社会批判思想是我们分析社会现实的方法论基础，借鉴西方马克思主义文化批判和生活批判理论，对分析我国社会人的现实存在状态，推动日常生活人的个性发展具有启示意义。

第二，从历时态的角度对改革开放以来我国生活方式和生活观念的总体变化以及原因进行分析，从生活与文化辩证关系角度论述文化选择的变化，并对特殊群体——网络意见领袖等的生活状况和思想状况进行调查分析，目前学术界从这方面研究生活方式的专著和文章很少。

第三，对当代中国文化生态模式研究。分析了当代中国文化的构成要素以及不同文化要素在当代社会发展和人的发展中的意义，并对大众文化对中国民众的意义进行分析，突出了文化研究的价值维度和现实维度。

第四，以人的发展作为衡量生活变迁和文化选择的标准，突出生活方式和文化选择的现实基础和价值尺度，着眼于人的发展对当代人的生存状态和文化发展状况进行反思和批判。

第五，突出我国当代文化建设的核心是树立文化自信，社会主义核心价值观是当代中华民族的精神追求。关于当代中国的文化选择，突出了文化发展的历史传承因素和文化建设的实践基础与价值导向，分析了当代中国特色社会主义先进文化的构建原则是立足中国实践，反映人民需求，具有历史视野、世界胸怀和未来视野，具有马克思主义意识形态性；提出构建当代中国话语体系的要求，突出文化发展的价值性，以及主流文化对大众文化和民众日常生活的价值引导。对于当代中国特色社会主义文化构建路径的研究具有独创性。

我预言，李霞的这一新的研究成果的推出，会产生一定的影响。

我对李霞这一新的学术成果的推出表示热烈的祝贺！并向国内外学界同人，向一切关切当今人类的生活方式的读者朋友，郑重推荐这一著作！

是为序！

2019 年 7 月 17 日

对当代中西马克思主义进行比较研究的开创性著作

——为杨礼银①《中西马克思主义若干专题的比较研究》
一书写的序

20 世纪 70 年代末 80 年代初，随着中国实施改革开放政策后国门的打开，西方马克思主义流传到了中国。差不多半个世纪的时间过去了，西方马克思主义在中国的影响越来越大，它已成了中国学术界的"显学"。

西方马克思主义为什么能在中国经久而不衰？关键在于，它在当今中国有着它流传的土壤，无论在理论上还是实践上都存在着对它的"需求"。西方马克思主义在中国流传的过程，也是其在中国产生越来越有影响力的过程。西方马克思主义研究伴随着中国改革开放的整个历史进程。

西方马克思主义研究在中国取得如此大的成效，与我国的西方马克思主义研究者对其采取正确的研究方法密切相关。其中之一就是展开对西方马克思主义与当代中国马克思主义的比较研究。

研究西方马克思主义对中国带来的影响，最后必须落实到对马克思主

---

① 杨礼银，1977 年生，重庆人，现为武汉大学教授、博士生导师。

义中国化时代化，对中国特色社会主义理论体系的形成和完善所带来的影响上。我们的研究所要解决的主要问题是：探讨西方马克思主义与当代中国马克思主义、与中国特色社会主义理论体系之间的联系，考察西方马克思主义在中国的传播为马克思主义中国化时代化，为中国特色社会主义理论体系的形成和完善提供了什么样的思想资源。

我们要研讨西方马克思主义如何在中国的时空变换维度上助推马克思主义中国化的发展、西方马克思主义与马克思主义中国化是如何融合与通约的、西方马克思主义与中国马克思主义在当下的学术背景下如何展开平行的比较对话和部分融合、如何通过审理西方马克思主义来拓展马克思主义中国化的研究、西方马克思主义与中国马克思主义这两种形态的马克思主义在理论形态上存在着哪些同质性和异质性等。

我们要揭示西方马克思主义对于说明中国特色社会主义道路的合法性与合理性所提供的思想资源。中国特色社会主义道路首先面临的一个问题是如何说明这一道路的合法性与合理性，即如何说明我们走这一道路不仅是正当的，而且是可行的。而西方马克思主义的理论，特别是西方马克思主义的现代性批判理论，恰好能为这一道路的合法性与合理性作出理论说明。

我们要剖析西方马克思主义对中国特色社会主义解决面临的各种矛盾和挑战所提供的思想资源。中国特色社会主义道路已经取得了巨大的成就，但与此同时，也面临着一些难题和矛盾必须破解，其中包括人与人的矛盾、人与自然的矛盾和人自身内在的矛盾等。西方马克思主义在当今中国的一个重大意义就是为中国特色社会主义道路破解这些难题和矛盾提供理论启示。

马克思主义中国化展现出来的不是单纯地发生在中国语境中的文化现象，而是世界马克思主义宏观发展过程中的微观有机因子。我们要基于这样一种认识来考察西方马克思主义与当代中国马克思主义之关系。

在致力于展开西方马克思主义与当代中国马克思主义的比较研究的学者中，武汉大学马克思主义学院的杨礼银博士是突出的一位。她早在数年前就进入西方马克思主义对当今中国马克思主义、中国特色社会主义理论体系产生影响的实际研究过程中去，不是以"旁观者"的身份，不进行外在的反思，而是注重对切身感受的反思。

呈现在我们面前的这一题为"中西马克思主义若干专题的比较研究"的专著就是她及其团队的一项重要研究成果。全书除了对西方马克思主义与当代中国马克思主义比较研究的现状、可能性、途径及意义进行论述外，着重具体地对西方马克思主义与当代中国马克思主义的唯物史观、现代性批判理论、文化观、科技观、城市观、女性观、思想政治教育理论等展开了比较研究。确实，在当今中国学术界，尚未见到一部直接比较研究西方马克思主义与当代中国马克思主义的著作，这一著作是第一部。我在这里，向学术界，特别是向国外马克思主义、西方马克思主义研究学术界，郑重推荐这一著作。当然，细读这一著作，不难发现其稚嫩、浅近、不能自圆其说之处。作为一部开创性的著作，这实属难免。切望各位提出宝贵意见，帮助她在原有的基础上，取得更大的成果。

是为序！

2018 年 11 月 26 日

展现了被毛泽东赞誉过的崇明农民运动

——为秦志超①等《瀛洲风暴——崇明田革命纪实》一书写的序

　　我和千千万万个崇明人一样，都深爱自己的家乡。爱家乡爱什么？主要是爱家乡优美的自然环境。拜读了志超兄的《瀛洲风暴——崇明田革命纪实》一书以后，我对家乡的爱愈加浓烈了。志超兄把家乡贫困农民 20 世纪从 20 年代初到 30 年代初这十多年时间里，反抗地主、土豪的剥削与压迫的壮烈的斗争，活生生地呈现在我面前。我的心颤抖了，我的眼睛湿润了。我的家乡还有这么一段波澜壮阔的革命斗争历史画卷，我的家乡还有这么一批面对反动派血腥镇压的屠刀无所畏惧、为了老百姓的利益流尽最后一滴血的革命志士！所有这些，我以前怎么就不了解呢？作为一个一辈子研究马克思主义的学者，这是不可饶恕的。我一方面感到惭愧内疚，另一方面更加激起了自己对家乡强烈的感情。我的家乡崇明岛，不但有着鸟语花香、气净水清、郁郁葱葱、曲径通幽的得天独厚的自然环境，更有着

---

　　① 秦志超，1952 年 8 月生，上海市崇明人，现为崇明文史研究会会长。

可歌可泣的光荣的革命历史，我为它而自豪！往后，当我向他人介绍我的家乡时，我再也不会只是得意地"狂吹"家乡的自然环境，而更要满怀深情地诉说家乡西沙的"田革命"。以前，我每参观某一具有革命传统的地方，听那些介绍者宣讲家乡的革命故事，感到他们总是充满着自豪感，我甚至还会莫名其妙地滋生某种嫉妒。从今往后，我再也不会嫉妒了，我会与他们一样对家乡充满着自豪感。我的家乡也有着革命故事，而且这些故事也是那么惊天动地，光前裕后。我深信，每一个热爱家乡的崇明人，只要读一下志超兄的这一革命纪实书，一定会像我一样使自己对家乡的情感升华。

我读着《瀛洲风暴——崇明田革命纪实》一书，情不自禁地打开了《毛泽东选集》第一卷第二篇文章《湖南农民运动考察报告》，这篇文章我以前学习过不知多少遍，但从来没有像今天这样理解得深刻。这是毛泽东在1927年到湖南对农民运动做了三十二天考察后写出来的报告。但实际上，毛泽东早在前一年即1926年就已关注发生在崇明西沙的农民反抗运动，他以润之笔名所写的文章《江浙农民的痛苦及其反抗运动》中，一方面揭露"此地剥削真利害"，另一方面也赞赏了崇明西沙农民自发地组织起来与地主进行斗争。所以我相信，毛泽东写《湖南农民运动考察报告》时，他的脑海里也有崇明西沙农民反抗运动的场面。毛泽东在《湖南农民运动考察报告》中所描述的农民反抗运动的情景，与崇明西沙的"田革命"完全对得上；毛泽东在《湖南农民运动考察报告》中所表述的对农民运动的观点，也完全可以用来评述崇明西沙的"田革命"。《湖南农民运动考察报告》开头有这么一段话："很短的时间内，将有几万万农民从中国中部、南部和北部各省起来，其势如暴风骤雨，迅猛异常，无论什么大的力量都将压抑不住。他们将冲决一切束缚他们的罗网，朝着解放的路上迅跑。一切帝国主义、军阀、贪官污吏、土豪劣绅，都将被他们葬入坟墓。一切革命的党派、革命的同志，都将在他们面前受他们的检验而决定弃取。"这段话不仅使我热血沸腾，而且也激起我扪心自问：如果我处于此时此地：我将持什么态度？实际上，尽管湖南农民运动、崇明西沙的"田革命"，已过去近一百年了，但至今仍然有一个对待它们的立场、态度问题。

当然，崇明西沙"田革命"表现出来的是一种革命精神，那么这种革命精神对今天致力于社会主义现代化建设的中国人民来说，特别是对正行进在建设世界级生态岛的大道上的家乡父老来说，还有没有现实意义？这是必须要回答的问题。这涉及志超兄的这一著作有没有现实意义，以及有多大的现实意义的问题。原先有一种说法，即中国共产党现在已由"革命党"转变为"建设党"了，革命时期它需要革命精神，而建设时期它应当放弃这种革命精神了。现在这种观点不但在理论上已经被驳倒，而且在实践上也已被证明是错误的。这里存在着一个中国共产党从事经济建设究竟还需不需要革命精神的问题。实际上，中国共产党从夺取政权转变为经济建设，只是阶段性的任务发生了变化，它的最终目标没有改变，相应地，它的革命的本色和革命的精神也不会变。进行经济建设不仅是共产党，在一定意义上是所有执政党共同具有的行为。可以说，进行经济建设并不反映政党的政治属性。抓经济建设当然是重要的，一个执政党搞不好经济建设就会失去执政地位。但我们必须进一步知道，如果这个党放弃了标志其本质政治属性的社会价值观和以这种价值观为动力的精神追求，那么这个党不仅是丢掉执政地位的问题，甚至会瓦解。事实清楚地告诉人们：中国共产党在夺取政权的阶段需要有革命精神，在从事经济建设阶段同样需要有革命精神。正因为如此，以习近平同志为核心的党中央一再强调中国共产党必须保持革命的精神，一再提出"必须进行伟大斗争"。

那么具体地说，20世纪二三十年代的崇明西沙的"田革命"，崇明人民的革命斗争所展现出来的那种革命精神，对于今天家乡人民进行世界级生态岛建设究竟有着怎样的现实意义呢？

第一，进行世界级生态岛建设，必须心怀崇高的理想和目标。生态文明建设是个现实的事业，更是一个未来的事业。如果仅仅从眼前的实际利益出发，是不可能积极投身于环境保护的。一个人的生命是有限的，在其有限的生命里，生态环境的恶化不可能达到危及其个人生命的程度，他对环境的保护一定是超越了他眼前的利益。致力于生态文明建设必然是出于对子孙万代的负责。没有为人类未来负责的崇高的精神境界，就不会有环境保护的高度自觉性。而崇明西沙"田革命"所展现的革命精神，首先是一种追求理想和崇高的精神。志超兄把崇明西沙"田革命"划分为四个阶段，第一阶段是贫困农民自发进行的，而从第二阶段开始则完全是在中国共产党领导下展开的。在广州聆听过毛泽东在农民讲习所演讲过的陆铁强、俞甫才等优秀的共产党员怀着崇高的理想聚集到崇明，领导了一次又一次的革命斗争。他们把原先的那些农民领袖一个个地培养成坚强的共产党人。他们对这些农民领袖说："千百年来，种田打粮的吃不上饭，种棉织布的穿不上衣，这种社会合理吗？这种日子是农民应该过的吗？怎么改变呢？"这是他们向这些农民领袖灌输的共产主义理想。他们如此地坚贞不屈，视死如归，就在于他们有信念和理想。这种着眼于未来，为理想而奋斗的精神正是我们当今进行世界级生态岛建设所必需的。

第二，进行世界级生态岛建设，必须处处从人民的利益出发，并要真正把群众发动起来。生态文明建设也是人民的事业，它的出发点和归宿都是广大人民群众。致力于环境保护的，不仅要心怀未来，还要心系广大人民群众。习近平在各种场合反复强调：良好生态环境是最普惠的民生福祉。我们要特别注意习近平在论述生态文明建设时经常使用的"共享"与"普惠"这两个概念，"共享"就是要让所有的人共同享受自然环境给予我们的美感，"普惠"就是要使自然环境作为一个"公共产品"惠及所有的人。既然生态文明建设必须从人民的利益出发，那么在具体实施环境保护的措施时，相应地必须依靠人民群众，让环境保护的事业成为人民群众共同参与的事业。世界级生态岛建设，不是一项简单的"命题作文"，而是必须发动群众，让人民群众真正理解所从事的生态文明建设的意义所在，从而让人民群众自觉地参与。我们从《瀛洲风暴——崇明田革命纪实》这一著作中首先看到，那些发动和领导崇明西沙"田革命"的农民领袖和革命志士，他们身上一个最重要的品质就是大公无私、舍己为人，他们对人民群众有着一颗赤子之心，他们愿意为了劳动大众的利益出生入死。这一著作对最初领导和组织西沙"田革命"的"十代表"一一作了介绍，他们其中有一些确实是穷得实在活不下去才被迫反抗的，但其中也有几位家境尚可，日子还过得下去，他们完全是为了旁边穷人的利益才参与进去的。有个叫周成之的，职业为医生，又做得一手木匠好手艺，他家不种一亩田，同地主没有一毛钱关系，也不求地主一件事，他出头抗租纯是同情佃农。这一著作重点介绍了先是作为中共特派员，后成为崇明地下党领导人陆铁强、俞甫才的经历。他们都不是佃农出身。拿陆铁强来说，他是在崇明中学读书时接触了很多进步书刊才投身于革命斗争的，他刚踏上革命征途时未婚妻还在大学读书。可以说，他们从事革命斗争都完全跳出了个人利益的圈子。我们从《瀛洲风暴——崇明田革命纪实》这一著作中其次看到，这些革命志士是如何深入群众，与群众打成一片的。著作有许多章节细致地描述了他们到群众中去发动群反抗的情形。其中有两章题为"沈大郎领来两位先生""喝'同心酒'"，真实地描写了陆铁强、俞甫才从不被穷苦农民所接受到穷苦农民誓死跟着他们走的过程。这种心系人民群众，并想方设法让人民群众自觉地认可，并参与到事业中去的精神，也是我们当今进行世界级生态岛建设所必需的。

第三，进行世界级生态岛建设，必须百折不挠，含辛茹苦，要有铁杵成针的意志。人类对生态问题的严重性的认识，是从 20 世纪 70 年代以后才真正开始的。而真正把生态文明建设提上议事日程则是 21 世纪才有的事。当今，在习近平生态文明思想的指引下，中国的生态文明建设已经走在整个世界的前头。进行生态文明建设，是一项开创性的事业，这是在做前人从未做过的事。在进行生态文明建设的过程中，会遇到许许多多的挑战和难题。可以说，生态文明建设每前进一步，都是破解难题、直面挑战的结果。正因为如此，进行生态文明建设，没有刚强的意志和坚韧的毅力是断然不行的。家乡的世界级生态岛建设，站位更高，面临的困难也更大，对家乡人民的智慧和意志品质的要求也更高。崇明的世界级生态岛建设能不能早日取得成效，以及成效如何，在一定意义上就取决于家乡人民的智慧和意志品质。其中，付出必要的代价，作出必要的牺牲，则是难免的。《瀛洲风暴——崇明田革命纪实》一书给我留下最深刻的印象就是，这些进行反抗的英雄和斗士义无反顾、前仆后继、万死不辞的精神。整个崇明西沙"田革命"史就是一部可歌可泣的斗争史。你在书中会看到一次次的斗争，一次次的受挫和失败，有时甚至是全军覆灭，而后继者擦干烈士的血迹，又再次掀起斗争的风暴。这中间，有多少革命志士牺牲了。我在堡西小学和明强小学读初小、高小时，每年的清明节，老师总要带领我们去新河镇烈士馆祭奠崇明的革命先烈，读了《瀛洲风暴——崇明田革命纪实》一书后，我打算重续小时候的传统，再去祭奠，当然感受与小时候已大不一样。我老家住在崇明竖新镇堡西村，"海界宅"惊天事件正是发生在这里，我每次回老家总要路过"海界宅"事件纪念馆，在这一事件中牺牲的革命烈士永远活在我们心中！崇明西沙"田革命"所留下的那种百折不挠、不怕牺牲的精神，是我们今天建设世界级生态岛的宝贵精神财富。这种百折不挠、不怕牺牲的精神，同样是我们当今进行世界级生态岛建设所必需的。

崇明西沙的"田革命"，崇明人民的革命斗争所展现出来的那种革命精神，对于今天家乡人民进行世界级生态岛建设究竟有着怎样的现实意义，我还可以一一列举下去，但仅这三点，已足够说明问题了。

最后，我还应说一下本书的作者秦志超先生。他是我崇明中学的校友，我们都属于"老三届"，不过他是"老三届"的最低一届，即六八届初中，我是"老三届"的最高一届，即六六届高中。他在毕业后任乡长期间，我与他有过交往，他给我的印象是忠厚诚实，言而有信，与人为善。想不到他离任后，竟一头"钻"进档案馆，花了十余年时间收集崇明的革命斗争史料，现在写成了这么一部好书。我在这里向他致敬。

是为序！

2021 年 9 月 30 日